与生活
争夺自己

《读者》图书部 编

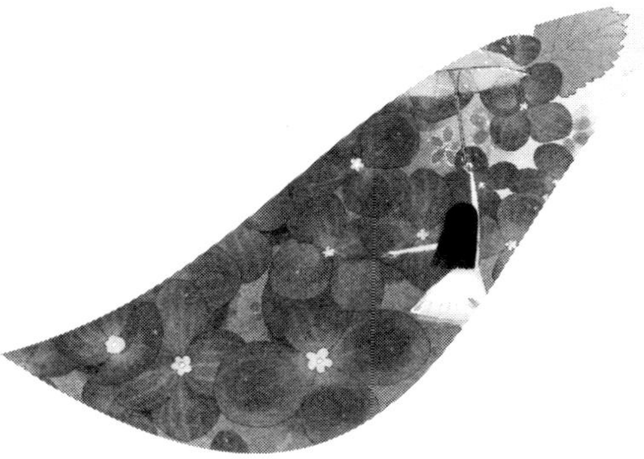

陕西新华出版传媒集团
未来出版社

目　录

春水，我愿随你同去

全秉荣

打开坚冰的闸门，“哇”的一声，春水哭了——为了一冬监禁的委屈，也为着春来自由的释放。

春水，义无反顾地向前，以它新生的无比活力向前冲刺，撞击。它把一块块巨大的冰凌举起来，摔下去，再举起，再摔下，直至摔成粉末，融在自己的怀抱里。

春水胜利了，但它并不排斥异己，它偕同将融未融的冰块一道向前流去！

我看见，它泛起欢快的浪花，幸福地哭了，仿佛告诉沿路的每一棵树，每一株草，每一个匆匆的行路人：“快来分享斗争与团结的欢乐吧！”

是的，欢乐的奔流是无敌的，任何力量都无法把它阻挡！

春水，我愿随你同去……

我不要

邢卓

路边的那一潭死水，
无纹无波。
我不要这样的生活！
要么就卷入长江大海，
要么就去无声地滋润田禾。

墙壁上的那幅肖像，
是谁？不哭不乐。
我不要这样的生活！
要哭就哭出眼泪，
要乐就乐出性格。

美　丽

宫玺

年轻的时候，
心里有一只小鸟，
飞呀，唱呀，唱呀，飞呀，
无忧无虑，地阔天高；

爱什么？
爱那些美丽的云霞，
美丽的语言，
美丽的容貌。

如今不再年轻，
心里有一只铁锚，
沉呀，钩呀，钩呀，沉呀，
人生如海，驿站如岛；

爱什么？
爱那些美丽的山野，
美丽的灵魂，
美丽的情操。

日

巴 金

为着追求光和热，将身子扑向灯火，终于死在灯下，或者浸在油中，飞蛾是值得赞美的，在最后的一瞬间它得到光，也得到热了。

我怀念上古的夸父，他追赶日影，渴死在旸谷。

为着追求光和热，人宁愿舍弃自己的生命。生命是可爱的。但寒冷的、寂寞的生，却不如轰轰烈烈的死。

没有了光和热，这人间不是会成为黑暗的寒冷世界么？

倘使有一双翅膀，我甘愿做人间的飞蛾。我要飞向火热的日球，让我在眼前一阵光、身内一阵热的当儿，失去知觉，而化作一阵烟，一撮灰。

我的工作

〔乌干达〕卢安加·穆万杰

我要工作，
无论它伟大或渺小，
只要挥汗如雨便其乐无比。
播下种子， 盼雨水挥洒土地，
辛勤耕耘， 迎来丰硕果实。

我要工作，
无论它伟大或渺小，
只要挥汗如雨便其乐无比。

我要工作，
它出自我手，
出自我的奋斗与希望，
出自我的义务与探索。

我要做这工作，
因为在我心灵深处，
我懂得这正是我的工作。
它使我努力再努力，
有当代的男子气。

四　月

〔西班牙〕希梅内斯

野莺在杨树梢。
——还有呢？
——杨树在青天上。
——还有呢？
——青天在水里。
——还有呢？
——水在新叶上。
——还有呢？
——新叶在玫瑰中。
——还有呢？
——玫瑰在我心。
——还有呢？
——我心在你心。

憧憬

〔英〕斯特朗　薛菲译

得有个目标去不断地追寻，
让希望总烧起光明；
人生总得向往着什么，
心，怎经得起失去了憧憬。

要方向明确头脑清醒，
可不能随波逐流人云亦云；
一旦生活陷入了黑暗，
凭坚定的信念摸索中前进。

纵使星移物换，岁月匆匆，
对未来的追求可不能暂停；
生活不可能浑浑噩噩，
假如你心里有个美好的梦。

月　影

〔苏联〕B. 阿斯塔菲耶夫

夜航的轮船前面，月影在平滑的水面上嬉戏。它忽而泛着银色的光波，忽而闪着绿色的磷光，忽而左右扩展，忽而如游蛇蜿蜒，忽而像一只蝌蚪在跳跃，忽而像一只伶俐的蜥蜴在奔窜。

我焦急地等待：我相信，轮船马上就会追上这活泼的月影，制服它，用船头劈开它……

但时间一分钟一分钟过去，过了一小时又一小时，远方月亮在水面上的反光却一直向前奔跑，在轮船的前头奔跑，在紧张工作的机器前头轻快地奔跑。

这夜景与生活是多么相似啊——你不是总觉得眼看就会捕捉住生活的真谛，理解并揭示它永恒的奥秘吗？

慈母泪

〔日〕福岛元　　刘光宇 译

汇集起
天下母亲的泪，
注入海洋，
海洋定将化出
美丽的樱贝。

汇集起
天下母亲的泪，
抛向天空，
天空定将撒满
明亮的星辉。

汇集起
天下母亲的泪，
洒向大地，
大地定将绽开
鲜艳的花蕾。

让天下的慈母泪啊，
都倾入赤子的心扉。
孩子们——
定将个个满怀挚爱，
心地聪睿。

无　题

刘湛秋

我不去想会怎样结束
既然幕已拉开了
就要愉快地演出
既然玫瑰花已在身边
就要尽情地去吮吸甘露
既然小船已经离了岸
哪怕驶向荒岛也不会孤单
既然已在荆棘中匍行
就不必害怕毒蛇和猛虎
啊，春天已在频频地招手
不用去担心冬天的冷酷
灵魂从来不想升上天堂
时刻准备被世俗所放逐
当整个剧场已空无一人
我和你，仍微笑着走来
对人生做最后的谢幕

大河的苦闷

刘再复

都怪他的血液是混浊的，都怪他过于狂妄，都怪他日夜不停地呼啸，都怪他染污两岸的土地，缺乏山泉般的纯粹。

他苦闷极了。他梦想化为洁净的水，梦想着仙境似的肃穆与静止，梦想着不再疲倦地奔走，梦想着像明镜一样清澈，可照着许多游人快意的微笑。

然而，他又厌恶这些很美的梦。

他总是固执地爱着自己不息的沸腾，总是爱着自己追求大海的狂妄，总是爱着自己和高山峡谷搏斗的呼啸，甚至总是固执地爱着自己的混浊，奔流着的混浊，跳动着生命大脉搏的混浊。

他知道他的混浊打湿过河岸，然而，这混浊也灌溉过田野，养育过黄黄绿绿的新鲜与繁荣。

他知道有奔流就有呼啸，死亡总是静悄悄的。

他知道有奔流就有泥沙，死亡总是苍白而干净的。

他苦闷极了。然而他已不再苦闷，他知道唯有不息地奔流，才有超越高山峡谷的壮观，才有明天无边无际的壮阔……

三月夜

林泠

三月的冷峭已随云雾下降了
三月的夜，我猜，是属于金星的管辖

每一个角落都藏着小小的探子们
它们被打发到这里来等候
等待风信子发布晴朗的消息
——你看，那从冬青丛中探出头来的
便是桃树顽皮的小黑奴

三月，有多神奇的夜啊
三月的故事随风布散
那些故事真美传说：
严冬已开始困倦了
来接美的春季，是穿着芭蕾舞鞋的
她轻悄悄地来，没被发觉
而小精灵们已等得不耐烦啦
还有一些——
我是不能说的
三月的夜知道
三月的行人知道

错　过

郭丽华

阳台上那盆昙花已冒出了小小的花苞，于是我留心期待着一个花开的夜晚，每回浇花的时候都叮咛自己可别错过了。

但是一忙起来竟然真的错过了！待到第二天清晨倏地想起，急急推门出户，那已经绽放过的花朵，一如垂头敛翼的凤凰，倦然冷冷的不见一丝神采。想昨夜留它独自在漆黑的露台上，凄清寂寞地灿灿烂烂，我心中涌现满满的痛惜与歉疚——我岂止错过，分明是辜负了！

然而这还是无心，有时候错过简直是有意的。在黄山度蜜月的时候，我们住在山上的一个院落里，直潭在右，弯潭在左，中间一大片谷地，开门俯视，清溪如带，蜿蜿蜒蜒地流下碧潭。四周峰峦起伏，天晴时层层数去，可见青山九重。有回清早，他在阳台喊："快起来看云，那些云排着队出谷了！"

我充耳不闻，仍旧赖在被窝里，心想，今天不看，明天可看；明天要是看不到，还有后天。反正那云就在门外，还怕看不到吗？

禁不起他救火般的吆喝，我只好懒洋洋地爬起来。啊！真真好一幅白云出岫！他却摇头叹息：

"你已错过了它最美的时候了！"

美好的事物总是无常，包括成功的机遇和命运的垂青。我们平凡的一生里，能堪几次错过？我们为自己错过了而叹惋，可是，还有多少回是错过了犹自懵然无觉的呢？

瞳　孔

屠岸

幼小的时候，我爱看母亲的瞳孔，那瞳孔里有一张孩子的脸，那就是我自己。

年轻的时候，我爱看爱人的瞳孔，那瞳孔里有一张青年的脸，那就是我自己。

母亲瞳孔里的孩子常常笑，笑得那么傻气。

爱人瞳孔里的青年也常常笑，笑得那么傻气。

如今，我想再看母亲的瞳孔，母亲已经不在了。

如今，我想再看爱人的瞳孔，妻子已经衰老了。

我努力睁眼去看妻子的瞳孔，却看不见任何人的面孔，因为我的眼睛已经昏花了。

有一个声音说，何必睁眼呢？把眼睛闭上吧。

我闭上眼睛。

顿时，我看见了母亲的瞳孔，那瞳孔里有一张孩子的笑脸，那就是我自己。

顿时，我看见了爱人的瞳孔，那瞳孔里有一张青年的笑脸，那就是我自己。

我看见母亲的瞳孔对我笑，笑得那么慈祥。

我看见爱人的瞳孔对我笑，笑得那么美丽。

于是，我也笑了，笑得那么傻气。

喜　欢

史长安

常常有一种“喜欢”留在心上，喜欢茶香在舌尖喉际回绕，喜欢和一二知己在小餐桌上谈心，看咖啡在透明的壶内沸腾，喜欢突然接到一个电话，说他此刻送花来，请到某处相候……

喜欢——是的，即使在午夜，只是自己一个人，也仍然喜欢，用最小的音量放一段音乐来体味一种惆怅，或者，清醒地听着夜雨打在檐上，想一个相处时平平淡淡的人，如何竟在你心上激动荡气回肠的情愫。

“闲来一试七弦琴，此曲少知音，都因淡而无味，不比郑声淫”，有一回在灯下看一个朋友练字，米白色的宣纸上墨痕历历，忽然细细看他，真是这样平淡的人，却有一股真趣相逼，使人无端要在黄昏的灯下恍惚起来。

是的是的，眼前的一切我喜欢，喜欢生命是这样真实，身体是这样温暖，有骨肉和感觉去走、去看、去爱、去接受和给予。

真的喜欢，喜欢终于和生命对视的这种清醒和无奈，我思我在，今生他世，永远都喜欢巧或不巧地撞见了迎面而来的那人或那事。

母亲颂

〔黎巴嫩〕纪·哈·纪伯伦

人的嘴唇所能发出的最甜美的字眼，就是“母亲”，最美好的呼喊，就是“妈妈”。这是一个简单而又意味深长的字眼，充满了希望、爱、抚慰和人的心灵中所有亲昵、甜蜜和美好的感情。在人生中，母亲乃是一切。在悲伤时，她是慰藉；在沮丧时，她是希望；在软弱时，她是力量；她是同情、怜悯、慈爱、宽宥的源泉。谁要是失去了母亲，就失去了他的头所依托的胸膛，失去了为他祝福的手，失去了保护他的眼睛……

自然界的一切，都象征并表露着母性。太阳，是大地的母亲，她以热量孕育了大地，用光明拥抱大地。大地，是树木花草的母亲，她生育并培养它们，直到它们长大。树木花草又是香甜可口的果实和充满活力的种子的慈母。而宇宙万物的母亲，则是充满美和爱的无始无终的永恒不灭的绝对精神。

母亲这个字眼，蕴藏在我们的心底，就像果核埋在土地深处。在我们悲伤、欢乐的时刻，这个字眼会从我们嘴里迸出，如同万里晴空和细雨蒙蒙时，从玫瑰花蕊溢出的芳香。

也　许

舒婷

也许我们的心事，
总是没有读者。
也许路开始已错，
结果还是错。
也许我们点起一个个灯笼，
又被大风一个个吹灭。
也许燃尽生命烛照别人，
身边却没有取暖之火。

也许泪水流尽，
土地更加肥沃。
也许我们歌唱太阳，
也被太阳歌唱着。
也许肩上越是沉重，
信念越是巍峨。
也许为一切苦难疾呼，
对个人的不幸只好沉默。

也许，由于不可抗拒的召唤，
我们没有其他选择。

无　题

〔英〕查尔斯·狄更斯

你，不要挤！ 世界那么大，
它容纳得了我， 也容纳得了你。
所有的大门都敞开着，
思想的王国是自由的天地。
你可以尽情地追求，
追求那人间最好的一切。
只是你得保证，
保证你自己不使别人感受压抑。

不要把善良从心灵深处挤走，
更得严防丑恶偷偷潜入你心底。
给道德以应有的地位，
给每一件好事以恰当的鼓励；
让每一天成为一项严峻的记录，
面对着它， 你应当问心无愧；
给人们生的权利， 活的余地，
可千万， 千万别挤！

希　望

何永都

人生被一串的希望支配着，希望成全了人生。因为一个人有希望，生命就有了交代，活着才觉得有意义，才感到有趣味；希望如一颗太阳，有了它就有了光，有了光就有了热，有了热才能发出活泼的生机；希望又如一泓溪水，流到了河，流到了江，流到了汪洋大海，将生命的一切发挥到了极致。一个忠实于希望的追求者，不知道什么是老之将至。

希望绝不是一个吝啬的给予者，但也不是一个慷慨的孟尝君。你流汗就有流汗的代价，流血就有流血的收获，只是你的眼睛有时看得太近了，才一迈步，便妄想得到希望的光芒。试问：没有黑暗怎会有光明；没有恒心，怎会有成功的一天？

由希望到达最终的目的，这期间有着相当的距离，希望的目标愈大，所走的路愈曲折，所遭遇的困难也愈多；因此更需要坚强的意志，耐心的努力，迈着英雄的步子，向着希望的前途，不停歇地走去，这样终有一日会尝到希望的东西。

在你的理想和希望里

〔尼泊尔〕珍黛妮·沙阿　陈敏毅 译

我只想，
在你的理想和希望里，
能为你增添一点鼓励。
我只想，
在你生活出现失意和疲惫时，
能给你一点儿力量和希冀。

当你金光闪烁的规划遇到阻力，
当困惑从四面八方向你袭来，
倘若我能为你打开智慧和勇气的闸门，
使你又能奋力前行，
我将感到满足，感到欢愉。
当你在履行职责的艰辛道路上出现坎坷，
当不道义的伎俩企图把水搅混，
倘若我能让你眼睛更加明亮，
使你的自信力得到可靠的依傍，
那将是我的安慰，我的幸福。

春

〔黎巴嫩〕纪·哈·纪伯伦 杨孝柏 译

来吧，我心爱的姑娘！让我们在高坡上徜徉。冰雪已经消融，生命已经苏醒，在河谷里、山坡上巡行。和我一起走吧！让我们追随春天的足迹，在广袤的田野里漫步。来吧！让我们爬上山冈，眺望四周原野上碧绿的波涛。

啊！春的黎明，已经展开了冬夜折起的霓裳。桃树，苹果树，都已披上了盛装，显得像是命运之夜的新娘。葡萄已经醒来，枝蔓依偎缠绕，像热恋的人儿一样。岩石间，溪水涓涓流过，把欢乐的歌儿反复吟唱。恰似大海中飞溅出泡沫，鲜花从大自然的心中绽裂怒放。

来吧！让我们从水仙的花萼中饮吮雨水残留的泪珠，让我们心田响彻鸟儿欢乐的歌唱，让我们吮吸熏风的芳香。

让我们坐在那块背后藏着紫罗兰的岩石旁，让我们互相亲吻。

无　题

〔美〕道格拉斯·玛拉赫

如果你不能成为山顶上的高松，那就当棵山谷里的小树吧——但要当棵溪边最好的小树。

如果你不能成为一棵大树，那就当丛小灌木；如果你不能成为一丛小灌木，那就当一片小草地。

如果你不能是一只香獐，那就当尾小鲈鱼——但要当湖里最活泼的小鲈鱼。

我们不能全是船长，必须有人来当水手。

这里有许多事让我们去做，有大事，有小事，但最重要的是我们身旁的事。

如果你不能成为大道，那就当一条小路。

如果你不能成为太阳，那就当一颗星星。

决定成败的不是你尺寸的大小——而在做一个最好的你！

强者的座右铭

〔美〕詹姆斯　刘 宁 译

有时需要积极进取，有时需要稍敛锋芒；
有时需要与众交融，有时需要默默独居；
有时需要相争，有时需要互爱；
有时需要工作，有时需要游戏；
有时需要哭泣，有时需要朗笑；
有时需要发言，有时需要沉默；
有时需要善握良机，有时需要屏息等待；
每个人都是天生的胜利者！

慰　藉

〔英〕佩欣斯·斯特朗　薛 菲 译

即使是生活中最暗淡的时候，
也一样找得到心灵的安慰，
从周围的一切，
从点燃黎明那一丝微弱的光辉。

从温馨的鲜花、小鸟的啼啭，
从迷人的旋律，
还有，从那辉煌的文学宝藏，
从那充满魅力的书的世界寻求慰藉。

生活不会没有补偿，
希望和信念敞开着心扉，
更有那爱情和友谊，
悄无声息地左右追随。

夏

〔黎巴嫩〕纪·哈·纪伯伦 杨孝柏 译

来吧，咱们到田野去，我的心上人！收获的日子已经来临。庄稼丰收在望，使它成熟的是太阳对大自然的爱恋所发出的热量。来吧！别让鸟雀赶在前面，夺去我们辛劳的硕果；别让蚁群赶在前面，毁掉我们的土地。快来吧！让我们撷取大地的硕果，正如爱情在我们的心田深处播下忠诚的种子以后，心灵将撷取幸福的硕果一样。让我们在仓谷里装满大自然的物产，恰如生活把我们感情的仓库装满。

快来吧，我的女友！让我们以草地为芦席，将蓝天作锦被，头枕一捆柔软的干草，在一天劳动后小憩，聆听河谷里淙淙流水的细语。

爱底哲学

〔英〕雪 莱 查良铮 译

泉水总是向河水汇流，
河水又汇入海中，
天宇的轻风永远融有
一种甜蜜的感情；
世上哪有什么孤零零？
万物由于自然律
都必融汇于一种精神。
何以你我却独异？
你看高山在吻着碧空，
波浪也相互拥抱；
谁曾见花儿彼此不容，
姊妹把弟兄轻蔑？
阳光紧紧地拥抱大地，
月光在吻着海波；
但这些接吻又有何益，
要是你不肯吻我？

花之咏

〔黎巴嫩〕纪·哈·纪伯伦 野 马 译

我是一句话，大自然把我吐了出来，又把我收了回去，藏在她的心室里，然后再把我吐了出来。

我是一颗星星，以湛蓝的天幕坠落到碧绿的地毯上。

我是大地的女儿，冬天把我孕育，春天把我降生，夏天把我抚养，秋天催我入睡。

我是情侣间的一份礼品；我是新娘头上的一顶彩冠；我也是生者致以死者的一件赠物。

清晨，我与微风携手宣报光明的到来；黄昏，我和百鸟一起向他告别。

平原上，我舞姿轻盈，为她打扮；空气里，我吹吁呼吸，使她芳香四溢。我拥抱大地，黑夜便眨着无数只眼睛看着我；我招来白天，为的是用他的独眼观看世界。

我啜饮露水的琼浆，聆听鸟儿的歌唱，合着青草的拍子起舞。我永远仰目朝天，不为看到我的幻想，而是为了看到光明。这是人类尚未学到的哲理。

清晨，我与微风携手宣报光明的到来；
黄昏，我和百鸟一起向他告别。

热爱生命

汪国真

我不去想是否能够成功
既然选择了远方
便只顾风雨兼程

我不去想是否能够赢得爱情
既然钟情于玫瑰
就勇敢地吐露真诚

我不去想背后会不会袭来寒风冷雨
既然目标是地平线
留给世界的只能是背影

我不去想未来是平坦还是泥泞
只要热爱生命
一切都在意料之中

我只是前行

刘再复

这里是一片灰蒙蒙的空白，蓝天与大地焊接时的痛苦遗留给了我和我的同伴。

我在天与地的焊接处前行。我的足音惊动了正在思索中的雁群。路，永远不会清晰地展示在大雁的面前，也永远不会清晰地展示在我的面前。天堂的光环只是远山的迷；你和我，只是寻找中的大雁。

白牛与黑猫为了莫名的烦恼相互解着永远解不开的莫名的网结，还掺杂着莫名的哭泣。我没有时间欣赏这些争执与哭泣。

我只顾在空白的不知是大地还是天空的帷幕上撒下我的脚印。我不会为它的瞬息的整齐或歪斜而伤感，我顾不得足迹背后的欢乐与怨艾，赞叹与诅咒。

我只是前行。在天与地的焊接处。在地与天的茫茫中，我只是前行。

阳　光

严文井

阳光是匆匆的过客，总是去了又来，来了又去。

他不愿意停留。不，他也曾暂时在一些梦里徘徊。

他徘徊在沙漠的梦里。沙漠梦见了花朵、云雀、江河和海洋。

他徘徊在海洋的梦里。海洋梦见了地震、小山、麦浪和桑田。

他徘徊在老人的梦里。老人梦见了骏马、青草、角力和摔跤。

他徘徊在婴儿的梦里。婴儿梦见了母亲的歌声、乳汁、胳膊和胸膛。

每个带黑色的梦都闪亮。每个梦都保持着一份阳光。

阳光是个不倦的旅客，他总是来了又去，去了又来。他不能只在梦里徘徊。

他在梦的外面驰骋。

他制造一个个梦，更制造一个个觉醒。他驰骋，在梦的外面驰骋。

向前走莫回头

柳 萌

《红高粱》给我印象最深的似乎就是这句。我和朋友聊天时这么说。可冷不丁，对方忽然冒出一句：“莫回头，行吗？”我不禁哑然！

当我们有幸在这块土地上降生，有幸选择了一条道路，有幸在河上成为一名水手，有幸在海上执一片风帆，有幸被希望招引着抛撒一大把日子，我们回过头吗？我们回过头。我们有时在回头中胆战心惊，因为我们看见过道路上依然彷徨着白发的长者；我们看见过因为河的汹涌而不敢向前的水手；还有回首时觉得希望的虚无缥缈。但我想说：人活着，不能太现实，不能老回头！

在我少年的心中，始终有一片极地，那是幻想中的桃源和海市蜃楼。我愿意这样想象并为之匍匐前行，已经忘却了来路与去路的所有不幸，但只要这块极地神奇地为我照耀。那么，过去或者今天的挫折又算得上什么呢？何必还要有过多的踌躇张望呢？

走啊，永远不要停下来！夸父虽渴死求索之途，但太阳在东方微笑；普罗米修斯虽悬吊于崖峭，但火种已经点亮人间！走啊！前走，莫回头！

感　谢

季 红

一个特殊的深冬夜晚，心中涌生感谢。

感谢久雨乍晴，且不太冷。天空中虽有些云块，但是它们在星星间并不停留。

感谢一轮明月又自东边山顶上升，穿过云层，缓缓上升，阴历十六，格外饱满洁净。在月光下，山野更具幽静，海面更其邈远。

感谢又有渔船在海上作业。每艘船上，都发着亮光，是灯火，是希望。偶尔也有机轮的轧轧声传来，很隐约，探海男人们的女眷总可以分辨。

感谢有幸看到今夜的月食奇景。人类的智慧已经证明：星星、月亮、太阳全都是悬浮空中，它们彼此相牵相引，各守本分，各依轨道运行。在这无涯无际、无数成员的星空社会中，从无逾越与失误。我们的地球也是一颗星星，而我们住在它的上面。

仰视众星和月食，不禁心生敬畏。不禁想起天狗吞月的传说，想起月中玉兔和嫦娥的传说，而心生凄美。

感谢美好的传说和产生美好传说的美好活泼的心。科学的智慧道出了太阳和地球的位置与归处，却不曾道出人的位置与归处。而传说和活泼的心，容或愚昧，但涌生敬爱；容或不真，但酿就甘美。

落　叶

刘良初

猜不透你的心思你的内涵
猜不透落叶里怎么会孕育着阳光

为什么春天来了还有秋天还有冬天呢
为什么你给我希望又使我惶惶

记忆里总是晴天总是春光
妈妈的童话里可都是
善良的仙家善良的老狐善良的太阳

我曾经走在深深的老林走进深深的神话
我曾经拾过一片落叶细看
想问你生命的奥秘自然的纷繁
不见你作声只有我的迷惘
我转过身我望见秋风在瑟瑟作响
落叶依然默默地等待着寂寞等待着衰亡

总有一天我要走出原野走出迷茫
总有一天我会知道
落叶为什么生长为什么消亡
为什么不声不响

渴待，蒲公英

光 明

你是一柄丢失多久寻觅多久的小伞，你是一个不知道追求因而也不知道痛苦的快乐精灵。

你当然可以骄傲你随风漂泊的惬意，当秋风轻轻地托起你，你便可以一路轻扬一路梦幻一路抒情去漫游大地。

你当然可以炫耀你生命力的顽强，即使贫瘠的荒漠，即使狭冷寂寥的崖缝，你都会把生命播出希望。

你当然还可以满足你捧上的无私奉献，你看，当一柄柄小伞盛开在绿茵茵的草坪，孩子们便忘情地欢呼雀跃般涌向你。

不容置疑，你是一个载满咏叹载满赞誉令人怜爱令人迷恋的古老精灵。

但是，我要问——

你的求索是什么？哪个港湾是你生命之船航行的终点，待到何年何月，待到何日何时， 你才能学会选择生活自主命运，并让那理想之舵驾驭你乘风向彼岸世界飞抵？

我渴待，渴待着你，也渴待着我自己。

我与生活争夺我自己

刘再复

生活很仁厚，生活也很严酷。

严酷时把我推向无谓的奔波，逼着我疏远沉思的心，创造的生活。时而像神，指挥我投入混沌的战斗，消耗掉我生命的能；时而像魔，扑灭我燃烧的思想，把我拖入忙碌的虚空，狂乱的寂寞。

于是，我与生活展开搏斗，和生活争夺自己。争夺我的自由，争夺我的思索，争夺我的权利，争夺我的职责。

我在生活固守宝藏的时候，偷来了时光，并给它套上绳索。努力采集，努力冶炼，努力锤打。日夜提取前人留下的精华，补充着被生活蒸发掉的一切；蒸发掉的知识，蒸发掉的思想，蒸发掉的诗歌与小说……

与生活争夺，我保存着生命的烛火，没有变成徒在空中飞扬的死灰。心，也注满了活水，也没有在无谓的奔波中变成沙漠。

繁花结出沉甸甸的遗憾

李发模

时间急促地呼吸,啊,慢慢伛偻,慢慢鬓发稀疏,慢慢成老朽,猛想起作为，浑身痛楚。才想起该在风中卓立，在雨中卓立，在云中卓立，该在千叶之上杨花。可一切都晚了，在蜗牛爬行的氛围中，在根的盘旋纠缠中，年岁更臻成熟了，而鲜亮的繁花却结出沉甸甸的遗憾。

想起同事中，有的还原于泥土，却丰盈如一湖水草，一泓清流；有人在浊浪里洗他的血手和泥足。于是，便有人被踩踏成路，被阻隔为桥，被浪逆为舟……或飞高为鸟；或咆哮为兽；或为树，蔚为森林；或为草，蔚为草地。而我自己呢？叹息便迎面扑来。

我多么渺小

佚 名

我多么渺小，
我是大海中的一滴水。
然而， 我骄傲，
我被大海所包围。

海推动着我，
我也掀动着海。
在暴风雨袭击下，
我是翻腾的浪花；
风平浪静的时候，
我是沉默的一滴水。

我多么渺小，
我是大海中的一滴水。
然而， 我又多么骄傲，
我被大海所包围。

霞

冰心

四十年代初期，我在重庆郊外歌乐山闲居的时候，曾在英文《读者文摘》上看到一个使我惊心的句子：

May there be enough clouds in your life to make a beautiful sunset.

我在一篇短文里曾把它译成：“愿你的生命中有够多的云翳，来造成一个美丽的黄昏。”

其实，这个 sunset 应当译成“落照”或“落霞”。

霞，是我的老朋友了！我童年在海边、在山上，她是我最熟悉最美丽的小伙伴。她每早每晚都在光明中和我说“早上好”或“明天见”。但我直到几十年以后，才体会到：云彩更多，霞光才愈美丽。从云翳中外露的霞光，才是璀璨多彩的。

生命中不是只有快乐，也不是只有痛苦，快乐和痛苦是相生相成、相互衬托的。

快乐是一抹微云，痛苦是压城的乌云，这不同的云彩，在你生命的天边重叠着，在“夕阳无限好”的时候，就给你造成一个美丽的黄昏。

一个生命到了“只是近黄昏”的时节，落霞也许会使人留恋，惆怅。但人类的生命是永不止息的。地球不停地绕着太阳公转。

东方不亮西方亮，我窗前的晚霞，正向美国东岸的慰冰湖上走去……

我还要等……

齐丽华

是的， 我还要等……

即使风的歌涛
已漫过夜的堤坝
即使春的洪流
已冲毁冬的城郭
即使爱情
已走出阴暗的隧洞
即使亘古的渴望
已滴穿冰冷的寂寞
冰川开始风化
连望夫石
也在酝酿新的颂歌

而我，仍在等
也许等到
等到青春剥光叶片

生命长满褶皱
等到脉搏暗弱
目光锈蚀斑驳
等到激情燃尽
思念流成河
等到情感憔悴
变成荒凉的沙漠
等到心啼出血来长满老茧
等到所有的梦幻都凋落
而我，还要等
直到融进那个
古老的传说……

我不相信

佚名

我不相信一切愿望都只是幻想，一切现实都不能再改变。

我不相信真诚的心意会永远不被人理解，我不相信人生像风筝，总被别人的手攥着放飞。

我不相信——

大海的水会干，群山会没有绿色的生命。春天会没有盛开的鲜花，梅花会因为冰雪霜寒的封锁而败落。

我不相信，前途都是不平的路，我不相信路上只有我一人在苦苦寻求。

梅花独傲严寒，以飞雪为伴，最终迎来繁华的春芳。

我不相信乌云会使太阳消失，我不信月亮的色彩会超过太阳的光芒。

我不信大海不愿接受小河的贡献，我不信有了鲜花，春天会拒绝小草的生长。我不相信，有了人类创造的音乐，就不再需要小鸟的歌唱；有森林大川的雄伟壮景，人间就不再追求衣饰的漂亮。

我不信世间万物一定要这样安排，不能换一换模样。

但是，我相信，冬天过后就是春天！这一点，我深信不疑。

我相信

——赠《我不相信》作者

柳荫

冬天的河干涸了，我相信，春水还将来临，那时白帆就是我们心中自由的偶像；风中的树叶凋零了，我相信，泥土里的梦将在枝头开花结果。你还将哭泣吗？是初雪掩埋了你的青草，但绿色终将归还于你。

风暴扭曲了大树，我相信，种子已经插入深沉的泥土；洪水卷走了两岸的房屋，我相信，孩子依然像天使一样依偎在母亲的怀抱。你还将流泪吗？命运夺走你的财富，却不能攫走你的灵魂。

痛苦像一块巨石紧紧压住歌唱的心胸，我相信，痛苦是欢乐的源泉，它将化为穿越岩石的力量；磨难使你千疮百孔，我相信，这些记忆恰如荆棘丛中的花枝，萦绕成岁月美丽的花冠。

阴云在天空拥挤聚集，你会看见一只鹰就像闪电，挑破那罪恶的序幕，我相信，将有雨滴灿烂的合唱；大海在远方怒吼，你会看见水手与桅杆并肩归来，他们的微笑充满了信心，我相信，生命正在这样的熔铸中刚强。

《我不相信》的作者朋友啊，你的呐喊，隐约如海的涛声，热烈、真挚且沉重，我赠予你衷心的祝福……就像雪莱馈赠给我们每个人的预言！

唯一的光明

〔印度〕泰戈尔

如果所有人都害怕而离开了你，
那么，你，一个不幸的人，
就敞开心扉，孤军前进！
如果无人在狂风暴雨的茫茫
黑夜里高举火把，
那么，你，一个不幸的人，
让痛苦点燃你心中的明灯，
让它成为你唯一的光明。

有那么一种……

彭国军

有那么一种相爱
像只摔裂了千万次
又弥合起裂纹的碗
一条条创伤一串串日子
依旧盛在碗里
每天都充满泪的咸味

有那么一种思念
紧紧相依时看不见
等有一天被距离拉开
一封封信一句句话
奔跑得起了皱纹
才知道心和心挨得很近

有那么一种幸福
为了驱散别人的烦恼
忍住自己的痛苦

把安慰的阳光
播撒在另一张脸上
自己却去找一个无人的角落
扔一地苦辣辣的烟头

有那么一种人生
对处世之道了若指掌
却总是不愿走到
灵魂与良心的天地之外
让孤独早些融化
甘愿终身步履艰难

青春赋

〔美〕萨缪埃尔·沃尔曼 牛继华 译

青春不是人生某一时期的标志，它是指人应有的心理状态。要永葆青春，既要有坚强的意志、丰富的想象和激荡的热情，还必须有战胜胆怯的勇气和决不向困难妥协而敢于去冒险的希求。人不是因岁月的流逝而老朽，当理想之火泯灭的时候，人生的“暮年”就开始了。岁月的流逝会在皮肤上刻下皱纹，而热情的消失则在心灵上留下痕迹。担心、疑惑、不自信、恐慌、绝望——这些东西正是夭折精神之树的元凶。

无论是到了古稀之年的老人，还是尚未成熟的少年，在人们的心目中，他们应该有对奇迹的憧憬，对人生乐趣的寻觅，对竞赛的追求，以及对灿若群星的事物和思想的感知；还要有不屈不挠的斗志和像孩子期待即将出现的事物般的好奇心……

人与他的信念成比例地年轻，与疑惑成比例地衰老；与信心和希望成比例地年轻，与恐惧和绝望成比例地衰老。

谁能够从自然界、人类社会或神灵那里领悟到美丽、喜悦、勇气、高尚、力量……谁就富有青春的活力。

当失去所有的梦幻，心灵的花蕊被悲观之雪和沮丧之冰覆盖的时候，他就真正地“衰老”了。这样的人，只有去乞求神灵的怜悯。

一声鸟或一堵墙

林清玄

我们如果有颗安静的心，即使是默默坐着，也可以感受到时间一步一步从心头踩过。

当时间在流动的时候，使人感觉到自然中美丽的景观固然能撼动我们的心，但人文里时常被忽略的东西，也一样能震荡我们。例如一口在荒烟中被弃置的古井，例如海岸边已经剥蚀的废船，例如一个在村落边缘捡到的神像，例如断落了的一堵墙。

人，在这个宇宙之间，多么渴望企图去创造一些什么，有时是为了生活的必需，有时是对生命永恒的追求，有时，只是无意间的创作罢了。

时间以一种无声的脚步刷洗着人所创造的事物，使它从欢跃的春天，成为凋零的冬天。

这就是无常，无常是时空中一种必然之路，我们不能常住于某种情境、某种爱，乃至，也不能常住于忧伤，或落失。

那就像，坐在森林里听鸟的歌唱，每一声都那么像，而每一声都不同。

一声鸟，或一堵墙，其实是没有不同的，我们每天看一堵墙，仿佛相似，其实每天都不一样，有一天它会断颓，有一天，它会完全地粉碎。

也要相信……

沙叶新

也要相信
旅途不总是布满陷阱
栽倒不总是跌断脊梁
噩梦不会紧连着噩梦
总有一天醒来是满眼晨光

也要相信
不是每颗心都长满老茧
不是每根血管都注满泥浆
不是灵前的每滴泪水都是硬挤的
不是台下的每次掌声都是拍马溜须

也要相信
情人的抚摸不都是为了伸向别人的口袋
朋友的握手不都是为了脚下暗暗的一踹
母亲的狂吻不都是为了婴儿的回报
生日卡上滚烫的字句不都是谎言

纵然我被欺骗一千次，一万次
我也相信
总有一朵花是香的
总有一滴血是暖的
总有一种情是真的

永恒的变化

〔美〕曼迪诺

没有什么是一成不变的。生活就像自然，有阳春，也有金秋；有酷夏，也有寒冬。走运和倒霉都不可能持续很久。

对于突然情况，如果没有充分的思想准备，那么厄运就会像大海的波涛一样，在你生活的海岸上忽起忽落拍打不停。相应的，高潮和低潮，日出和日落，富有和贫穷，快乐和失望，将应运而生。

做好最坏的准备。别羡慕那些春风得意的骄子。他们往往是脆弱的，一旦面临灾祸，就会束手无策，彻底崩溃。也别学那些倒霉背时的可怜家伙。他们一遇到挫折就不能自拔，常常沉溺于悲哀，一错再错，在眼看就要柳暗花明之际，却躺下不再起来。注意坚持不懈，别学他们的样儿。

要永远坚信这一点，一切都会变的。无论受多大创伤，心情多么沉重，一贫如洗也好，都要坚持住。太阳落了还会升起，不幸的日子总有尽头，过去是这样，将来也是这样。

理 智

佚 名

你说：理智是猎人，每天早上迈着不慢不紧的步子，来到他布设的陷阱前，把晚上掉进去的、已经挣扎得筋疲力尽、气喘吁吁的情感毫不费力地俘获。这猎人未免太残酷。

我说：理智是拴马桩。让情感的野马系上缰绳，缚到拴马桩上。这样，你才有时间和精力去做你打算做的工作。只是当你疲惫的时候，才允许自己把情感的野马从拴马桩上解下来，骑上它，绕过篱笆，奔过山丘，到花的草原上去驰骋，去逐鹞鹰的翅影，去引吭高歌，去到池边饮水，去到林间憩息，谛听林鸟婉转的啼鸣。当你得到了抚慰，驱除了疲倦，自觉让情感的野马失控，驮着你任意走向岔路口，或去践踏事业的园囿。如果这样，你将一事无成。不要冷落拴马桩，冷落了拴马桩，也就是冷落了你正在干的事业。

倾　诉

刘湛秋

是有过那种颤动，像一滴露珠滚进蔷薇花蕊，像脚步悄悄地移近深渊。

轻微地，轻微地屏住呼吸……

刹那间，世界变得那么静寂。这时，只愿把自己交给孤独，来平息那缭乱的心，来享受这种颤动。

怕扯断了这极细的蚕丝，怕偷走了这美好的秘密，怕碰破了这熟透的葡萄。

但是心儿却在茫然地渴求倾诉，渴求最和善最耐心的谛听，这知音可能是最好的朋友，自己的母亲，甚至是一只朝夕相处的小猫，或者一朵盛开的花，一片飘动的流云……

仿　佛

〔印度〕泰戈尔　冰　心 译

我不记得我的母亲
只是在游戏中间
有时仿佛有一段歌调在我玩具上回旋
是她在晃动我的摇篮时所哼的那些歌调

我不记得我的母亲
但是在初秋的早晨
合欢花香在空气中浮动
庙里晨祷的馨香仿佛向我吹来母亲一样的气息

我不记得我的母亲
只当我从卧室的窗里外望悠远的蓝天
我仿佛觉得我母亲凝注在我脸上的眼光
布满了整个天空

蚕

雷抒雁

她在自己的生活中织下了一个厚厚的茧。

那是用一种细细的、柔韧的、若有若无的丝织成的。是痛苦的丝织成的。

她埋怨、气恼，然后就是焦急，甚至折磨自己，同时用死来对突不破的网表示抗议。

但是，她终于被疲劳征服了，沉沉地睡过去。她做了许多的梦，那是关于花和草的梦，是关于风和水的梦，是关于太阳和彩虹的梦，还有关于爱的追求以及生儿育女的梦……

在梦里，她得到了安定和欣慰，得到了力量和热情，得到了关于生的可贵。

当她一觉醒来，她突然明白拯救自己的，只有自己。于是，她便用牙齿把自己吐的丝一根根咬断。咬破自己织下的茧。

果然，新的光芒向她投来，像云隙间的阳光刺激着她的眼睛。新的空气，像清新的酒，使她陶醉。

她简直要跳起来了！

她简直要飞起来了！

一伸腰，果然飞起来了， 原来就在她沉睡的时刻，背上长出了两片粉的翅膀。

从此，她便记住了这一切，她把这些告诉了子孙们：你们织的茧，得你们自己去咬破！

蚕， 就是这样一代代传下来。

我，更多的是喜悦

〔俄〕列夫·托尔斯泰

别气馁，纵使目前大地冰坚雪封，春天仍然到来，一切都将融化、解冻。那束缚我们手脚的仿佛凝滞不动的生活秩序也一样。乍看起来，它不可动摇，可我已经发现，它外强中干，没有什么可怕。而太阳的光辉，以及能鲜明地反映这些光辉的我们每一个人，都不应该气馁。

我，更多的是喜悦，而不是气馁。但愿你也一样。

最后的交易

〔印度〕泰戈尔　黄险峰 译

早晨，我走在石头铺成的路上，大叫着：“来雇我吧！”

国王坐着华丽的马车来到我身边，他手握宝剑，抓住我的手说：“我用我的权力雇你。”

但权力对我毫无意义。他坐着马车走了。

正午时分，烈日炎炎，房屋都紧闭着。

我徘徊在弯弯曲曲的窄巷中。一个老人提着金袋走了出来。

他沉思片刻，然后说：“我用我的金钱雇你。”

他一枚枚掂量着他的金币，我摇摇头走开了。

晚间，花园的围篱边芳香四溢。

美丽的姑娘走过来说：“我用我的微笑雇你。”

她的微笑很快变得苍白，融化成了泪水，她只有独自回到黑暗中去了。

太阳照着海滩，海浪拍打着海岸。一个儿童坐在沙滩上玩着贝壳。

他抬起头来，好像认识我，“我雇用你，但没任何报酬。”

从此，这与顽童的交易使我成了一个自由的人。

民　歌

余光中

传说北方有一首民歌
只有黄河的肺活量能歌唱
从青海到黄河
风 也听见
沙 也听见

如果黄河冻成了冰河
还有长江最最母性的鼻语
从高原到平原
鱼 也听见
龙 也听见

如果长江冻成了冰河
还有我，还有我的红海在呼啸
从早潮到晚潮
醒 也听见

梦 也听见

有一天我的血也结冰
还有你的血他的血在合唱
从 A 型到 O 型
哭 也听见
笑 也听见

人间与天堂

〔俄〕莱蒙托夫

我们爱人间怎能不胜于爱天堂？
天堂的幸福对我们多么渺茫；
纵然人间的幸福小到百分之一，
我们毕竟知道它是什么情状。

我们心中翻腾着一种隐秘的癖好，
喜欢回味往日的期待和苦恼；
人间希望的难期常常使我们不安，
悲哀的易逝叫我们哑然失笑。
未来的远景虚无缥缈，漆黑一团，
现在就时常令人感到心寒；
我们多么愿意品尝天堂的幸福，
却又实在舍不得辞别人间。

我们都是更加乐意要手中之雀，
虽然我们有时也在找空中之雁，
但在诀别的时刻我们看得更清楚：
手中之雀跟我们的心已紧紧相连。

我啜饮过生活的芳醇

〔美〕狄金生

我啜饮过生活的芳醇，
付出了什么，告诉你吧——
不多不少，整整一生，
你们说，这是市价。

你们精确权衡我的分量，
锱铢必较，毫厘不爽，
然后递给我，我的存在所值——
仅仅一滴，幸福的琼浆。

我啜饮过生活的芳醇，付出了整整一生

庆 幸

汪 衡

很庆幸在欢笑之余还有泪水，要不满心忧郁不快岂不是无处排解？于是有泪就流。

很庆幸在得意之余还有失落，要不从十六岁到六十岁岂不是平淡无奇？于是接纳失落。

很庆幸在热闹之余还有孤寂，要不纷乱的思绪岂不是难以梳理？于是忍耐孤寂。

很庆幸在理解之余还有误解，要不一切都被知道得那么清楚，自己岂不是成了无味的空虚？ 于是善待误解。

很庆幸在名著之余还有闲书，要不全是高深莫测岂不是难以呼吸？于是常看闲书。

很庆幸在动口之余还有动手，要不迂腐的字句岂不是灭尽青春的野气？于是偶有动手。

很庆幸在晴天之余还有雨天，要不生活岂不是缺乏浪漫清新？于是深爱雨天。

很庆幸……

很庆幸在庆幸之余还有不尽如人意，要不我的心将会只求庆幸而不思进取。于是，我珍视不尽如人意。

正眼看人生

罗 兰

不要希望人类是完美无缺的，不要希望每一个人都像圣人一样是完全舍己为人的，不要这样希望！

我认为，我们这样承认，并没有什么不好。而且唯有这样承认了之后，我们才可以对人间多存几分原谅，少受一点失望的打击。

假如你为人间冷酷而难过，那么你唯一能做的事就是由你自己发出光和热，使人间减少一分冷酷，增加一分温暖。假如人人都停止抱怨别人，而由自己本身去发光生热，这人间就温暖得多了！

不要希望人们一点也不虚伪。你只能希望人们在虚伪之中仍不忘善意，并且希望人们能在该诚恳的时候诚恳，这就够了。

不要对人类失望！我们生就是这个样子的。有好处，也有缺点；有可爱的地方，也有令人失望的地方，能承认这些，我们才可以用宽容的态度来对待人生。

给生活以时间

〔英〕斯特朗 薛 菲 译

别难受，当厄运对你拉长了脸，凭眼前的一切并不就能得出结论呵，假如你愿意等待，怀抱着信念，你将得到应有的回答，给生活以时间，纺出你看不见的命运之线。

一切努力都为了追求那事物内在美的实现，千万别丢了理想，丢了信念。要坚信，一切都是为了更美好的未来。别催促上帝的安排，给生活以时间，去把理想实现。

活泼地歌唱

〔德〕沙米索

我常跟亲爱的人们一起，
休憩在芬芳的草地上，
当我唱罢一首小歌，
一切都愉快而正常。

抱着悒悒郁闷的心情，
我也曾独自悲伤，
这时我又唱一首歌，
一切都又恢复正常。

我所经历的好多事情，
使我闷闷地怒不可挡，
待我再来唱一首歌，
一切也又恢复正常。

一切使你痛心的事情，
不要老在抱怨多讲，
只要活泼、活泼地歌唱！
一切都会恢复正常。

月亮落下有太阳

佚 名

月亮落下了，你还有太阳，你是一片辽阔的天空，迟早总会升起灿烂。

青春落下了你还有金秋。你是一方坚实的土地，陆地任何一个支点都可建造丰碑。

帆落了你还有桨，即使落下的是你唯一的那张帆，你也不要向风哀求。

果实落下了你还有种子，即使落下的是你全部的收获，你也不应向岁月祈祷。

只要你能驾驶，昨天今天落下了你还有明天；一个个希望落下了，你还会有新的希望可以争取。

只要你奋进，仕途爱途落下了，你还有征途；一条条彩虹落下了，你还可以编织新的彩虹，种植新的生命。

人生何谓幸福，何谓不幸？其实，只不过是对“落下”有着不同的诠释。

不幸说，落下，我就从此失落；幸福说，落下，我就在此坐落。

上帝只掌握一半

罗秋菊

自从你生下来的那一刹那起，你就注定要回去。这中间的曲折磨难、顺畅欢乐便是你的命运。

命运总是与你一同存在，时时刻刻。

不要敬畏它的神秘，虽然有时它深不可测；不要惧怕它的无常，虽然有时它来去无踪。

不要因为命运的怪诞而俯首听命于它，任凭它的摆布。等你年老的时候，回首往事，就会发觉，命运有一半在你手里，只有另一半才在上帝的手里。你一生的全部就在于：运用你手里所拥有的去获取上帝所掌握的。

你的努力越超常，你手里掌握的那一半就越庞大，你获得的就越丰硕。

在你彻底绝望的时候，别忘了自己拥有一半的命运；在你得意忘形的时候，别忘了上帝手里还有一半的命运。

你一生的努力就是：用你自己的一半去获取上帝手中的一半。

这就是命运的一生，这就是一生的命运。

走进生活

吴善磊

“给我一个支撑点，我会把地球支起。”从古希腊哲人的名言中，我读出了生活的几分狂妄几分自信。这是生活的魄力。

泰戈尔说，错过太阳时，你在哭泣，那么你也会错过星星。在生活中抗争后，哪怕满身疮痍，也该把无奈沉入心底。这是生活的哲理。

不能舍弃别人都有的，便得不到别人都没有的。会生活的人失去的多，得到的更多。这是生活的固执。

能把心割碎分赠给他人，你会赢得更多的朋友，多一个朋友多一个世界。蓦然回首，你已不再是孤寂的独行人。这是生活的艺术。

不要一定让生活跌宕波澜，要知道平静无奇才是生活的真。唯有踏踏实实走进生活的人，才能真正品味生活的真谛。

不要害怕贫穷，要做流浪的吉普赛人——即使一无所有也要永远歌唱。

生活的每一个年轮，都交织着悲愁喜乐，珍藏希望、热爱生活的人，将永远得到生活的青睐。

春与光

宗白华

你想要了解春吗？
你的心情可有那蝴蝶翅的翩翩情致？
你的歌曲可有那黄莺儿的千啭不穷？
你的呼吸可有那玫瑰粉的一缕温馨？

你想要了解光吗？
你可曾同那疏林透射的斜阳共舞？
你可曾同那黄昏初现的冷月齐颤？
你可曾同那蓝天闪闪的星光合奏？

我的座右铭

萧乾

我不相信命运，也不相信天才。我看，一切都是事在人为。种瓜得瓜，种豆得豆。这因果关系是必然的。把希望寄托在偶然性上，后果是可怕的。最可靠的还是自己诚实的努力。

船得有航向，人生得有所追求。连蚂蚁，看来是在盲动，其实，也各有所奔。人，如果光为自己奔，那就算不上什么“万物之灵”了。总得对群体有所贡献。

爱情浓郁，友情透明。爱情如建立在友情之上，就会更透明、持久。

既要知道自己所长（因而去发挥它），又得知道自己的缺陷（好去弥补）。最不可丢的是自知之明。有它，就不会忘乎所以，就不会出洋相，不会一败涂地，碰个头破血流。

家

万志为

母亲发上的颜色给了我
又还为原来的白
父亲眼中的神采传了我
复现旧隐的淡然
一个很美的名字
我过分依恋的地方

当灯火盏盏灭尽
只有一盏灯
当门扉扇扇紧闭
只有一扇门
只有一盏发黄的灯
只有一扇虚掩的门
不论飞越了天涯或走过了海角

只要轻轻回头
永远有一盏灯， 在一扇门后
只因它有一个很美的名字
就有了海的宽柔

考　验

素素

每个人都会有属于自己生命的最高点，或是事业上功成名就，或是感情上美满幸福，但你想到没有，每个人都注定要从这一点降落。人们往往难以承受这种心理落差，本能地渴望生命永远绚烂。

由绚烂归于平淡实在是人人必经的考验，也是对人而言最难战胜的考验。

并非服不服输的问题，盛与衰的转换本是自然的更替。

既然如此，就应该泰然处之，并不是消极地承认现实，从此沉沦；而是真正了悟到：绚烂是我，平淡同样是我。事实上，绚烂与平淡都只是外界的一种评判，而做人的意义与乐趣并不会因为外界的评判而变质。

即　使

吴建勋

即使横在我面前的是一条没有渡口的江河，只要能穿过晨雾眺望一下对岸的风光，我就不会感到沮丧。

即使前行的路上没有旅伴，只要有小草、山花相伴，我就不会感到孤寂。即使山道多么陡峭，我也要不停地攀登；即使累倒在半山腰到达不了峰顶，总要比在山脚下看得更远。

即使土壤多么贫瘠，我也要播下种子，并且用心血和汗水去浇灌，我相信我不会一无所获。即使我不能获得掌声和鲜花，我也要潇洒地走上舞台，让更多的人熟悉我的声音。

即使春日没有太阳，我也要站在沙滩上放飞我幽囚了一冬的思绪。

即使明天大雨滂沱，我也要去郊外的田野上漫游，让青春的风帆鼓荡起绿色的情思。

即使通向成功的道路上没有灯光，我也要摸索着辨认那紧闭的命运之门，然后举起手来咚咚咚地把它敲响。

人生真味

柯灵

活到老，做到老，学到老。这“三字经”不是我发明的，但我在滚滚不尽的岁月淘洗下体会到了此中的人生真味。

时间很冷酷，也很仁慈。时间使我丧失了许多，也得到了许多。

我经历的是一个伟大而艰难的时代，每走一步都不是轻松的。时代考验了我，也哺育了我。这是不幸，也是大幸。

生活是一部永远读不完的大书。生而有涯，每个人只能读到有限的章节，因此必须认真地读。

必须画好生命的句点，不辜负自己到这瑰玮的人世走这一遭，使自己能够安静而轻快地作一次最后的发言：“永别了，世界！祝福你前途无量！”

曙光中的祷告

程乃珊

祖母于清晨去世，曙光中我默默祷告。我的祷告没有文字，只有思想。

人们来到世界时，都是热热闹闹挥舞着拳头，准备大干一场；但是，我们离开这个世界时，却安安静静的，摊开一双手。这世界上“物”的东西，我们一样都带不走。当我们的灵魂通过那窄长漆黑的生命通道向另一个未知之处飞去时，人世折磨得我们痛苦不堪的一切恩怨是非都释然超脱了。

我想起有这么一句歌词：昨天的太阳，照不到今天的树叶。每一个属于我们生命的太阳是多么好呀！珍惜生命，不在乎得多少钱财和权势，而是生命有没有充分燃烧。

爱我们的人总有一日要离去，为了令这份爱在人世永不消失，我们要爱他人。

生之旅

黄雍廉

从无始来奔向无始去
荷一肩幻梦
系一串相思

沉重的脚步在红尘之海上游动
叹息和欢呼
只是肺叶的同时鼓动
没有人是真正的胜利者

红颜从光年的地平线上擦过
连一点点声音都没有
白发便这样苍老了
欢呼便这样凋谢了

我们原是宇宙之旅的过客
仰望星河夜色
我们的心该如是一尘不染

面对大地春回万花献锦
我们的心该如是坦然无私

旅途既如此匆忙
狡黠、谋害、讹诈原是多余的事
因我们是不带任何行李回家的
宇宙之旅的过客
只有心灵上真善美
是伴行的甘泉

幸　福

韦子译

我们不说我们现在正在热烈渴望着幸福，我们不说它……

幸福，好像一只可爱的小鸟似的，容易将它一下子惊去了……

我们静静地等待，我们不说它，甚至于也不想它。在我们心灵的安静角落，在我们心的深处，我们渴望着幸福，现在由于个人意愿而将这种热望隐藏起来。因为幸福好像是躲在乌云中的亮光，呈现一分钟，一闪便又迅速地隐去。

我们不召唤幸福，我们不拼命追寻，我们不为它而争斗，我们像是那梦见在圣诞节的夜晚，基督带着赠礼向他们跟前走近的孩子，他们颤栗着，静静地等待着，沉浸在等待幸福的不安里。是的，我们也在等待着。

如果应当来，它是要来的……

我们静静地等待着幸福，我们不说它，它对于心，也就好像太阳对于生活在一月的花朵一样。

如果应当来，它是要来的。

我们不说我们现在热切渴望着的幸福，我们将不说它……它胆怯得好像小鸟似的。

走向彼岸

周仁忠

也曾经历过失落的痛楚，但我们从不把悔恨的旧梦重拾。既然秋天的落叶早已消融在我们生活的大地，化作滋养生命之树常青的甘乳，又何必再去寻觅那份感伤的情怀？面对岁月之轮永不停歇的步履，沉浸于往事只能倾斜心灵的天平，寻觅过去只能拾回尘封的梦幻。

作别西天缥缈的云彩，我们步入情深意浓的黄昏。纵使失去皎洁的圆月，我们尚且拥有满天闪烁的繁星。当我们还在温柔的梦乡中流连忘返，黎明已悄然来到身边。生活赠予我们的是许许多多实实在在的丰富意蕴，我们岂能被人生的风风雨雨和云遮雾绕迷住双眼？告别过去， 正是为了珍惜现在和开拓未来。当我们把所有的痛苦与悲伤埋进昨天，我们便真正拥有了一个崭新的今天。

人生本是由一连串的遗憾组成的，我们何必对生活中的遗憾耿耿于怀。面临岁月之河，人生只有在向彼岸进取的征途中，才能焕发迷人的光彩。

告诉你

东子

我们有过那些远离朋友而独倚花季的日子，有过年轻的豪情在现实的墙壁上被撞得粉碎的失落，有过刻骨铭心的期待，甚至有过为一场难以意料的凄雨而黯然神伤的时刻。

有时候，面对许多默默的眼睛，面对许多没有预约的挫伤，我们以为自己无可救药，或者以为整个世界都变了。

或许仅仅因为我们没有走过年轻，或许我们生活的世界根本就没变，没有，变的只是我们自己和不再回首的时间。最要紧的是我们是否改变了自己的信念——我们最初的对生活的信念。

是的，不论我们中的多少人忘记了这一点，但信念却永远是冬末那催醒春日的嫩绿，只要有召唤的熏风，它会欣然覆盖我们的眼睛。

是的，各具忧伤的日子都曾经有过，但哪怕再不宁静，哪怕我们拥有的再简洁，哪怕再何其重复，只要你留心，只要你不割舍那份当初对生命的誓言，对生活的渴念，那每一个细微的日子里，便有它所能给我们的无限爱意，有我所告诉你的一切。

自由是感觉不到的

柯云路

自由是感觉不到的。这就是深刻的格言。感觉不到的就是“无”，就是无为。我们能感觉到的是不自由。当我们说自由时，说自在时，是因为我们还感觉到不自由、不自在。或者，起码是我们曾感觉到过不自由、不自在。感觉到自由了，自在了，那是因为还残存着些微的不自由，不自在，至少还有着不自由、不自在的记忆。其实，即使我们只是记着过去曾有的不自由、不自在，那么，它仍然具有一定程度的现时意义。真正的自由，就是彻底的“无”，就是连过去的不自由，也毫无印象。

生　活

何达

生活
像两条大河
一条日夜不停地向前奔波
时快，时慢
有时像瀑布冲下斜坡
前方永远是未知的国土
与未知的功过

另一条
总是向后，向后
追寻着世界的历史
从其中寻找宝贵的经验
倾听人类过去的呼喊
以及唱过的
歌

爱的付出

恒道

当你的爱还有诸多需索，
——你还不懂得爱。
真爱的感受是圆满、完整的，
从自性流露的喜悦。
当你的爱还有很多疑惑、不祥的阴影，
里面就掺杂了一些不健全的东西，
譬如我相，妄执、自私。
因为你还未清楚认识爱，
对爱的本身缺乏信心。
——爱不是商品，不能交易。
不是懦弱者无助的互相依赖。
爱是勇敢的承担。
为自己，
为对方，
站起来正视生命，
完成你应走的道路。
而在途中，
不要忘记放松和微笑。

心　灵

〔黎巴嫩〕纪·哈·纪伯伦

神中之神分出自己一小片心灵，使它如野花一般芬芳，月色一般柔和，微风一般清新。

给它斟上一杯喜悦，说："喝吧，把过去的一切忘个干净！"

给它斟上一杯烦恼，说："喝吧，尝一尝什么叫欢乐的生命！"

赋予它那来自天国的睿智，把正义的路子挑定。

赋予它能洞察一切奥秘的聪明。

赋予它在梦境中才流露的和理想结伴的情感。

为它穿上天使们用彩虹和流霞织成的激情的锦衣。

给它蒙上怀疑的阴影——光的幽灵。

给它从仇恨的熔炉取来的火，从粗暴的沙漠唤来的风，从利己主义的海边捡来的沙子，从永恒的脚下采集的灰尘。

给它以盲目的力量，让它在歇斯底里中咆哮，在狂热中膜拜；给它以生命——死的幻影。

神中之神终于把自己的心灵同人类联结在一起了，怀着包容一切的爱的感情，他不由露出了微笑，带着满脸泪痕。

这世界真美

石雪辉

你们走的时候，很想洒脱很想倜傥。你们真正走的时候，却是在夜晚悄悄地走的，还撑了一把漂亮的伞。我想我只有投奔雨了，不料雨停后的草地竟是馨香透亮的，微风亲切地拂面掠耳。在这个时刻，世界真美。

绯红花瓣在手指间飘落是美，斑斓汪洋如海的明媚是美，君子好逑的季节是美，在冷清阴湿的路上累累的苦痛也是一种美。

当心事浸没五月的堤岸，当记忆焚烧悔恨的灵魂，当暴风雨摧毁了希望之船，五彩缤纷却仍是阳光的歌词，勿忘我花仍旧晶莹剔透，彼岸仍在热切地呼唤。

落霞是暮云吗？落霞是燃烧的玫瑰。一如荒原有真实的太阳，秋雨有知己的情人。

这世界真美。

风　花

陈丹燕

风花，*Wind flowers*，是一支歌。歌里说，我的爸爸从前警告过我，不要去靠近风花，那种古老的风花，一旦靠近了就会离不开它，就会时时地追逐它，使自己痛苦。但是我没有听话。果然，我如今再也离不开它了。

听到那支歌，是在一个阳光灿烂的寒冷的冬天，靠近新年的时候。那时在一个办公室里，望着对面世纪初高大的欧陆旧大厦，心里像起了雾一样，穿行着无数往事。

从前，我曾是个渴望着有不朽爱情的人。

再从前，我曾是个渴望着惊心动魄的故事发生在我身上的人。

更从前，我曾是个渴望看世界的人。

在我的心里，是不是也有一些叫 *Wind flowers* 的花朵在无风的心底微微摇曳呢？有吗？

很早的从前，大人就告诫我，离幻想要远一点，说幻想就像一块冰，看着晶莹，碰上去会让你一直冷到心里。

然而，心里的古老的风花还是摇曳着摇曳着，所以我总是情不自禁。

灵魂在高处

大 仙

两年前，一位女孩让我看她写的诗，有一句写得很贵族："灵魂在高处……"

这使我突然想起洛尔伽的诗句："思想在高飞，我低着头，在慢慢地走，慢慢地走，在时间的进程上，我的生命向一个希望追求。"

灵魂在高处，不知所系；情感在高飞，不知所钟。但有时，我确乎在追寻一种茫然的光明，一种切入人生之后的远离。

像那个女孩那样，我一直想让自己永居高处，但有时又必须跌下来，狠摔一下，然后看到自己的影子扬长而去。

渴望一种有力量的人生，那就是由高往下直落。

看来即使进入商品社会，也有许多心灵拒绝商品化。像那个女孩，她曾经把灵魂留在高处，她曾经亲近了纯净的微风。

至少心灵总是干净的，至少那个女孩拥有精神的玫瑰。

创　造

张丽钧

创造就是消灭死。罗曼·罗兰如是说。

生命从诞生的那一天起，就在一步步地滑向死亡的深渊，再有威势的手也不可能阻止这一切。因而我们只有选择创造。创造能使我们有限的生命得到无限的延伸。

太阳创造了光明，太阳被万物景仰。

母亲创造了婴儿，母亲受世人崇敬。

贝多芬作古了，他的精神因《命运》而不朽。

罗丹仙逝了，他的思想在《思想者》中永恒。

不要将你的心智和双手闲置起来，不要听凭死亡噬啮着你的血肉之躯，既然上天赋予了你一次生命，你就有责任使它最大限度地放射光华。

用你丰富的天性去沟通理解人们吧，只有那样，你才能够远离枯萎。相信你是世上的唯一，没有人能重复你的思维你的足迹你的情感，把这份独特奉献给世界，你就走进了世间最美丽的风景。

——记着，只有创造才能拯救你。

一个人是一个谜

〔印度〕泰戈尔

一个人是一个谜，人是不可知的。

人独自在自己的奥秘中流连，没有旅伴。

在烙上家庭印记的框架内，我划定人的界限。定义的围墙内的寓所里，他做着工资固定的工作，额上写着“平凡”。

不知从哪儿，吹来爱的春风，界限的篱栅飘逝。“永久的不可知”走了出来。我发现他特殊、神奇、不凡、无与伦比。与他亲近需架设歌的桥梁，用花的语意致欢迎词。

眼睛说：“你超越我看见的东西。”心儿说：“视觉、听觉的彼岸布满奥秘——你是来自彼岸的使者，好像夜阑降临，地球的面前显露的星斗。”于是，我蓦然看清我中间的“不可知”，我从未找到的感觉，“时时在更新”。

境由心造

罗兰

一个人的处境是苦是乐常是主观的。

有人安于某种生活，有人不能。因此能安于自己目前处境的不妨就如此生活下去，不能的只好努力另找出路。你无法断言哪里才是成功的，也无法肯定当自己到达了某一点之后，会不会快乐。

有些人永远不会感到满足，他的快乐只建立在不断地追求与争取的过程之中，因此他的目标不断地向远处推移。这种人的快乐可能少，但成就可能大。

苦乐全凭自己判断，这和客观环境并不一定有直接关系，正如一个不爱珠宝的女人，即使置身在极其重视虚荣的环境，也无伤她的自尊。拥有万卷图书的穷书生，并不想去和百万富翁交换钻石或股票。满足于田园生活的人也并不艳羡任何学者的荣誉头衔，或高官厚禄。

你的爱好就是你的方向，你的兴趣就是你的资本，你的性情就是你的命运。各人有各人理想的乐园，有自己所乐于安享的花花世界。

普通真好

金志斌

普通，可真是个最“普通”的字眼。或许大家都因自己太普通而自怨自艾，我却要大声说：

“普通真好！”

因为——

普通是与生俱来的。婴儿呱呱落地，赤条条降临人世，这对谁都一样。鲁迅说过，即使是天才，他出世后的第一声啼哭，也与常人无异，并非是一首优美的歌。

普通是人生的起点。“冰坛尖兵”叶乔波，在她的运动生涯中共夺得近两百枚奖牌，为我国冰上项目“冲出亚洲，走向世界”立下赫赫战功。在她10岁步入冰坛时，还不是一位无名“小兵”？她以普通为起点，把超越普通作为终生的奋斗目标，最终取得成功。

普通，是压力，更是动力。伟大的发明家爱迪生，小时候可以说连普通人的境遇都不如。他的第一个老师说他脑子“糊涂”，校长预言他“将一事无成”， 父亲则要他相信自己是个“笨蛋”。但爱迪生凭着爱刨根究底的怪癖，凭着勤奋和刻苦，一生获得了1000多项发明的专利权，为人类做出了不可估量的贡献。“相对论”的创立者爱因斯坦，九岁前连说话都有些困难，大学毕业后甚至不容易找到工作。蒸汽机的发明者瓦特，自幼身体虚弱，班上的同学经常欺侮他，骂他“笨蛋和无能”。还有牛顿、达尔文、毕加索等，他们少时并没表现出异乎寻常的天分，都是普普通通，平平凡凡的人。

年轻的朋友们，当你看过这篇短文后，你还会怨天尤人，自叹弗如吗？ 让我们一齐勇敢地来赞美吧：普通真好！

生活细笔

简祯

我不是个画家，但撷取美的片刻，是我的心愿。

我不是个作家，但纪录每一次的感动，是我的习惯。

仔细想想，生活的本身即是书，即是画。也许前一刻，我们是阅书观画的读者，而下一刻，却又变成书中主角、画中人物了。更有可能，我们同时既是读者又是主角。

每个日子，都是内容不同的一本书，风格迥异的一幅画。只是我们的脚步太匆忙了，常常忘记去读它，欣赏它，随意地浏览过去，便断言生活是一味地今日抄袭昨日，只是公式化的衣食住行罢了。阅读，不仅是认识符号而已，更要懂得符号所传递的内涵；而观画，也不只是五彩缤纷的调配，细细想来，画中原是有画。

我是个小人物，只希望自己别那么匆促，希望能够静下来，老老实实地，把生活一本一幅慢慢地看，用我的心细细品尝。并把愉美的刹那，感动的心情，一字一句，勤劳不倦地作成生活之细笔。

于是，处处美丽。

这句话

叶志祥

风和帆
纠纠缠缠
大约正是为了印证
这句话在撕裂心肝

云和月
遮遮掩掩
也许正为悄悄说过
这句话而惶惶不安

浪和岩
摔摔打打
是否正寻求一切机缘
用这句话盟誓苍天

叶和花
依依恋恋

每个日子，都是内容不同的一本书，风格迥异的一幅画。

这句话总被秋风吹散
各自寻梦相期来年

我和你
恩恩怨怨
多么想把这句话
重复倾吐一千遍

可是我
一次也不敢
因为净土天堂路遥遥
天堂地狱一瞬间

珍重人生

佚名

冰心说道:“爱在左,同情在右,走在生命的两旁,随时撒种,随时开花,将这一径长途,点缀得香花弥漫,使穿枝拂叶的行人,踏着荆棘,不觉得痛苦,有泪可落,却不是悲凉。”

这爱情,这友情,再加上一份亲情,便一定可以使你的生命之树翠绿茂盛,无论是阳光下, 还是风雨里,都可以闪耀出一种读之即在的光荣了。

亲情是一种深度,友情是一种广度,而爱情则是一种纯度。

亲情是一种没有条件、不求回报的阳光沐浴;友情是一种浩荡宏大、可以随时安然栖息的理解堤岸;而爱情则是一种神秘无边、可以使歌至忘情泪至潇洒的心灵照耀。

“人生一世,亲情、友情、爱情三者缺一,已为遗憾;三者缺二,实为可怜;三者皆缺,活而如亡!”(刘心武语)

体验了亲情的深度,领略了友情的广度,拥有了爱情的纯度,这样的人生,才称得上是名副其实的人生。

读懂岁月

关小兰

岁月把时光的幕布轻轻一掀，翩翩少年那如梦的双眸便逝去了天真，蓄满了深沉；岁月把年华的刻刀缓缓一划，婀娜少女光洁的额头上便抹去了稚嫩，倾注了成熟。

悠悠岁月，岁月悠悠。曾有过事业成功的喜悦，也留下了失败的创伤；经历过情感的波折，也忍受过生活沙砾的灼烫。岁月赋予的并不都是诗意，不都是灿烂；它会让你在叹息中遗憾，会让你于彷徨中感伤。

岁月犹如最公正的法官，它的天平对每一个人都不偏不向，它赋予人人的礼物也都一样！

在岁月面前，无法在成功的喜悦中久久徜徉，也别对失败耿耿难忘；在岁月面前，没有闲暇再为玫瑰梦的失落而忧郁，也无须再为久已尘封的梦幻而悲伤。轻轻拂面的微风，柔柔照射的月光，宁静的河水，轻歌曼舞，这样的人生谁不希望？但承受山一样厚重的压力，忍受冷酷残忍的磨难，经过惊心动魄的搏浪之后而获得的慷慨豪烈的美丽，也是人生的一种渴望！

不要丢掉自己的小伞

王亚惠

在岁月的风雨中踽踽独行时，我有一把脆弱的小伞，风雨飘摇中，为我遮风挡雨。

一日，遇上了他，他高大的身躯像座山。我靠上去，顿时，头顶的一方天幽蓝幽蓝。

我丢掉了自己的小伞，专心去画那个以他为圆心的圆。用大海做底色，青春做笔，心血做墨，采摘来七彩阳光镶嵌出一道似梦似幻的风景。

有一天，这风景突然海市蜃楼般地消失了。凄风苦雨中我睁开久闭的双眼，没有了炫目的阳光，我才发现那曾经像山一样的身躯早已萎缩。我的心浸泡在风雨中渐渐凉透了，才想起那把被我丢弃的小伞。

迈出那个自己精心勾画的圆，捡起那把脆弱的小伞，我踽踽独行于岁月的风雨之中。

不再祈求雨住天晴，不再期盼搭车同行。只记住，再也不要丢掉自己的小伞。

赠人一片云

王书香

世间人情多讲究赠人以物，而物尽必然情非。我赠人以云，君行千里，抬头便见白云，还怕断了友情不成?

人间冷暖是人是在乎的,人与人的交往也往往就在这“冷暖”二字上。他赠物于他并不能心暖，而赠他一份真情可能就是冬天也觉得暖的——推心置腹的交谈，忘情的一次郊游，互相推荐几本可读的书，帮他出一个能摆脱困境的主意……这一切都像你赠他一片白云一样， 会永远地飘荡在他的天空里，使他欣喜，使他兴奋，使他的生命充满活力。

在朋友生命的天空里，飘荡着我赠予的这样的白云；在我生命的天空里，也飘荡无数这友情的白云。不想让白云化雨，不想让白云蔽日，更不想让白云产生什么奇迹，只想经常看几眼白云，让自己明白世上还有友情存在。赠朋友白云般的纯洁，白云般的透明，白云般的人生理想与向往，他才会生活得如白云般洒脱与自由。

思想的痕迹

〔苏联〕邦达列夫

有一次，在日落以后我停留在路旁。眼望着在明朗的五月天空中纤细的枝干清晰地标出花纹的小白桦树树梢，我感到很惊异，——是的，是的，现在在我的面前出现了一个永恒的春天的王国，呈现出这棵白桦树以及它柔顺的叶子的本质。可以勉强听见这白桦树孩子似的咿呀低语，正与天际的船舶那淡紫色洁净的空间交谈。天际之船温柔亲切，永生不朽，它包含着整个世界和世界规律：出生，生活，爱情，还有那适宜的春天和那棵耸立在路边和我身旁的小白桦树，在这快乐而悲伤的时候，我正停留在路旁。

好像发生了一件不可信的事，我正在与白桦和天空对话，但不是用语言，而是用我们共同的感觉、理解和互相忠诚，这些是不能用话音来表示的。

瞬时我闭上了眼，于是结束了我与我们自己的船的沟通，结束了在人间不能命名的享乐。

更确切地说，这是全部存在的思想痕迹，这是一种迹象：表明世界联合一致的伟大思想是存在的，它蕴含在一系列的印痕后面，而其中之一在处于秘密之门的一瞬间已被揭下了。

我相信，在我最后的时刻，仁慈的力量会把所有的印痕一个不剩地揭下来，但……那时在打开的秘密之门后面，向我揭示的是什么思想呢？

我 的……

邓 皓

我的一个朋友曾经问我：为什么友情会是我们生命中摆脱不掉的东西？我说：我们活着的快乐一半都从给别人送去美丽中获得，而别人活得美丽的时候我们也太希望共享其中快乐的一份。有时候我心情郁悒了，远远地看到一个朋友向我走来，我心灵的天空便云开雾散了：我有勇气承担一个朋友的关怀，怎么能没有勇气走过自己心灵的沧桑？

总是在三月里对着剪剪的春风说：你的温柔是我的；总是在丛林散步时对着跳跃在我头上的阳光说：你的诗意是我的；总是在山谷里对着淙淙的小溪说：你的明快是我的；总是在夕阳西下时对着一点点流泻的青春说：你的伤感是我的。甚至，总是对着与我擦身而过的每一个人说：你爱着这世界的时刻，你的心情便是我的呵！只是，我把这些看成是我的，我没有一点点占有的心情，我只是想让我的心和它们一起美丽！

时常惊讶于这么一种感叹：我的天！天都可以是我们的吗？如果我们试图小心地去装下它， 除了我们的心，还有什么可以取代？

没有白发的老者是让人遗憾的

余秋雨

不能设想，古罗马的角斗场需要重建，庞贝古城需要重建，柬埔寨的吴哥窟需要重建，玛雅文化遗址需要重建。

这就像不能设想，远年的古铜器需要抛光，出土的断戟需要镀镍，宋版图书需要上塑，马王堆的汉代老太需要植皮丰胸、重施浓妆。

只要历史不阻断，时间不倒退，一切都会衰老。老就老了吧，安详地交给世界一副慈祥美。假饰天真是最残酷的自我糟践。没有皱纹的祖母是可怕的，没有白发的老者是让人遗憾的；没有废墟的人生太累了，没有废墟的大地太挤了，掩盖废墟的举动太伪诈了。

还历史以真实，还生命以过程。

——这就是人类的大明智。

当然，并非所有的废墟都值得留存，否则地球将会伤痕斑斑。废墟是古代派往现代的使节，经过历史的挑剔和筛选。废墟是祖辈曾经发动过的壮举，会聚着当时的力量和精粹。废墟是一个磁场，一极古代，一极现代，心灵的罗盘在这里感应强烈。失去了磁力就失去了废墟的生命，它很快就会被人们淘汰。

梦中的青春

郁达夫

不单是有月亮的晚上，就是平常的睡眠，也极容易惊醒。眼睛微微地开着，鼾声是没有的，虽则睡在那里，但感觉却又不完全失去。暗室里的一声一响，虫鼠等的脚步声，以及屋外树上的夜鸟鸣声，都一一会闯进耳朵里来。若在日里陷入于这一种假睡的时候，则一边睡着，一边周围的行动事物，都会很明细的触进入意识的中间。若周围保住了绝对的安静，什么声响，什么行动都没有的时候，那在假寐的一刻中，十几年间的事情，就会很明细的，很快的，在一瞬间展开来。

墨　趣

忆明珠

“近墨者黑”——不怕。我爱墨，爱墨的黑，爱它黑得不一般，墨黑，墨黑。

我爱墨黑墨黑的小蝌蚪，我爱墨黑墨黑的小黑猫，我爱墨黑墨黑的雨花石——雨花石五光十色，而我最爱那种墨黑墨黑的，别具神采。

人们生活于无起止的白昼与黑夜的轮替衔接中。黑夜来自白昼吗？不，我凭诗的感觉敢于断定，白昼是黑夜的独生子女，黑夜是白昼的母怀。

谁愿意失去他的黑夜呢？那墨黑墨黑的夜，那神秘而温馨、静谧而冲动的墨黑墨黑的夜？

“明眸皓齿”，恰恰那明眸是用墨黑点出的，墨黑而炽烈的火花，墨黑而流转的秋波——黑与白的合璧。

……

我曾设想如果我有灵魂，它会是什么颜色的呢？红、黄、蓝、白似皆不合适；灵魂，好像只能是黑色的，墨黑墨黑。但它不是一锭凝固的墨块，灵魂不该凝固的。寓形于无形，寓象于无象，无形之形无象之象，即是我灵魂的形与象……

还给我

严力

请还给我那扇没有装过锁的门
哪怕没有房间也请还给我
请还给我早晨叫醒我的那只雄鸡
哪怕被你吃掉了也请把骨头还给我
请还给我半山坡上的那曲牧歌
哪怕被你录在了磁带上也请还给我
请还给我
我与我兄弟姐妹的关系
哪怕只有半年也请还给我
请还给我爱的空间
哪怕被你用旧了也请还给我
请还给我整个地球
哪怕已经被你分割成
一千个国家
一亿个国家
也请还给我

日　子

碧 波

日子一页一页地撕去，散乱地布满房间，像秋天里的落叶。

生命是一棵扎根在大地上的植物，难道从一开始，迎接的就是义无反顾地凋零？

日子，把乳白的芽儿拱出土层，把嫩绿的叶子一片一片地张开，把花朵一枝一枝地释放出香味来，把果实酝酿成希望的彩色，甜柔的收成。

即使岁月把日子砍伐成一株轰隆倒塌的大树，但也会有泥土下斩不断、挖不绝的根系，会重新繁殖出新的苗圃来；还会有顽强的种子，用它们独特的旅行方式，走遍世界，去繁衍成理想的部落，美的风景。

一　笑

胡适

十几年前，
一个人对我笑了一笑。
我当时不懂得什么，
只觉得他笑得很好。

那个人后来不知怎样了，
只是他那一笑还在：
我不但忘不了它，
还觉得它越久越可爱。

我借它作了许多情诗，
我替他想出种种境地：
有的人读了伤心，
有的人读了欢喜。

欢喜也罢，伤心也罢，
其实只是那一笑。
我也许不会再见着那笑的人，
但我很感谢他笑得真好。

香

许地山

妻子说：“良人，你不是爱闻香么？我曾托人到鹿港去买上好的沉香线；现在已经寄到了。”

她说着，便抽妆台的抽屉，取了一条沉香线，燃着，再插在小宣炉中。

我说：“在香烟缭绕之中，得有清淡。给我说一个生番故事罢，不然，就给我谈佛。”

妻子说：“生番故事，太野了。佛更不必说，我也不会说。”

“你就随便说些你所知道的罢，横竖我们都不大懂得；你且说，什么是佛法罢。”

“佛法吗？色，声，香，味，触，造作，思维，都是佛法；唯有爱闻香的爱不是佛法。”

“你又矛盾了！这是什么因明？”

“不明白吗？因为你一爱，便成为你的嗜好，那香在你闻觉中，便不是本然的香了。”

迎向风雨

刘墉

我曾经因为有几个大学生登山迷途丧生，而访问某位登山专家。其中一个问题是：“如果我们在半山腰，突然遇到大雨，应该怎么办？”

登山专家说：“你应该向山顶走。”

“为什么不往山下跑？山顶风雨不是更大吗？”我怀疑地问。

“往山顶走，固然风雨可能更大，却不足以威胁你的生命。

至于向山下跑，看来风雨小些，似乎比较安全，但却可能遇到暴发的山洪而被活活淹死。”登山专家严肃地说：“对于风雨，逃避它，你只有被卷入洪流；迎向它，你却能获得生存！”

除了登山，在人生的战场上，不也是如此吗？

心花怒放

沉金口

心是一个奇观，心是一绝。

即便你将来会老，心却不会老。

要不怎么会有那句：心有余而力不足。所以心只会成熟，但永远不会老。

心字之所以有三点，是因为一个人的心并非完全属于自己，他将一分为三。他有三分之一给工作，三分之一给大自然，剩下的留给友爱。

工作时你的心是把重锤，奋进时你的心是柄浆；玩乐时你的心是只彩蝶，索取时你的心是张网；憎时你的心是块石头，恨时你的心是支箭；爱时你的心是泓温泉，奉献时你的心是根燃烛，成功时你的心是朵怒放的花。

不管是事业还是生活，只要你是有心人，一切都将生机勃勃。无心或心灰意懒是人生中最大的悲哀，因而庄子说过：哀莫大于心死。有心就有境，好心境便构成一处人生的好风景。

心的诚直与赤裸裸是原始人性的舒坦，心的节制与约束是现代理性的舒坦。

无法偿还的是无价的

黄湘

人类祈求正义，要求惩恶罚罪，但痛苦没有权利要求用别人的痛苦来补偿，能通过那种手段补偿的只是仇恨。痛苦因而成了现实世界中无法消泯的东西，这迫使它向精神世界升华。

仇恨使人变得狭隘，痛苦却使人变得宽容。痛苦使人变得忧伤，但同时一种柔软而坚韧的信念使我们永远有梦，梦想又使生活回归羞涩与质朴。

海德格尔打比方说：壶借助空无进行容纳。借助自己的空无——虚无，壶进行容纳并赠送水和酒，壶在献祭时的倾注水酒能把世界变成一个神圣的世界。

那么，人岂不是借助自己的羞涩容纳爱慕与敬仰？

正因为生活中有了无法偿还的痛苦，心灵才比原先真正多出了一些东西。无法偿还的是无价的。

我为肃然于国旗升起的人们感动

邓康延

每天在太阳升起前的一瞬，天安门广场都有一个升旗仪式。

那天凌晨，我也置身在广场的人丛中。肃威的军乐仪仗队、凛然的护旗卫兵、激越的国歌、翻飞的国旗，汇聚成苍宇下的神圣。而当我再看那些直立仰望的男女老少时，尤为震撼：在他们相貌各异的脸庞上，袒露着同一种庄严与豪情。国家和她的儿女在这一刻真真切切地血脉交融。

我为肃然于国旗升起的人们感动。

有一座破败的山顶小学，很多事情都从简或省略了，唯有国旗每天要升。当一个穷孩子不得不辍学离校时，他对同样悲痛的校长说："我家那儿可以望见这面国旗，望到国旗我就知道有祖国、有学校，我就什么也不怕。"

当国歌国旗一起升起的时候，我从一个山村孩子纯真的敬礼里，看到中国深远处的伟力和韧性。

大　河

〔日〕德富芦花　陈德文 译

子在川上曰：“逝者如斯夫，不舍昼夜。”

人们面对河川的感觉，确乎尽为这两句话所道破。诗人千万言，终不及夫子这句口头语。

海确乎宽大，静寂时如慈母的胸怀。一旦震怒，令人想起上帝的怒气。然而，“大江日夜流”的气势及意味，在海里却是见不着的。

不妨站在一条大河的岸边，看一看那泱泱的河水，无声无息，静静地，无限流淌的情景吧。“逝者如斯夫”，想想那从亿万年之前一直到亿万年之后，源源不绝，永远奔流的河水吧。啊，白帆眼见着驶来了……从面前过去了……走远了……望不见了。所谓的罗马大帝国不是这样流过的吗？啊，竹叶漂来了，倏忽一闪，早已望不见了。亚历山大、拿破仑，尽皆如此。他们今何在哉。流淌着的唯有这河水。

我想，站在大河之畔，要比站在大海之滨更能感受到“永远”二字的含义。

五月是……

〔美〕肯·韦伯 苏杨译

五月岂止是一个月份。从最现实的意义上说，五月本身就是一个完整的季节。

五月是敞开的窗户，微风吹来丁香花的芬芳，传来了郁金香丛中蜜蜂嗡嗡的欢唱。刈草机在草坪上嘎嘎作响；少年棒球联盟进行多次比赛；小孩子们在创作蒲公英的项圈。

五月是一丛躲在草地绿茵中幼小但活力充沛的野草莓，苹果园内繁花似锦，树林边缘紫罗兰含羞吐艳，田野里的雏菊迎风摇曳，这一切预示着夏天即将来临。腿儿细长的马驹在牧场上追逐奔腾，散发幽香的第一批草料等着打捆，地里的垄沟已经犁得又直又深。

五月是雨水洗刷后的天空，其色泽犹如知更鸟的蛋壳洒在绿茵之上，犹如日日变化的小山坡上许多嫩绿的树荫。

五月是一个手持钓鱼竿在周末早晨迈向池塘的小男孩，也是在周末晚上沿池塘漫步的情侣们。它是顺流而下的一叶扁舟，也是公园里的家庭野餐，也是第一回坐在秋千上的刚学走路的孩子们。

五月到处洋溢着生命，是生命的觉醒和生命的回归，也是生命的蓬勃生长。它是万物生机盎然的时节，是庆贺我们自己存在的时节。

给　予

〔印度〕奥 修　林国阳 译

当你与别人分享你的喜悦时，你并没有帮任何人创造出一个监狱，你只是给予，你甚至不期望对方的感情，因为你的给予并不是想要得到任何东西，甚至连感激都不想得到。你之所以给予是因为你太充满了，所以你必须将它给出去。

所以如果有人感谢，你也会感谢那个人，因为他接受了你的爱，他接受了你的礼物，他帮助你卸下你的重担，他允许你将爱的礼物洒落在他的身上。

你分享越多，给予越多，你就拥有越多，这样它才不会使你成为一个吝啬的人，才不会使你创造出一个新的恐惧说：“我或许会失去它。”事实上，当你失去越多，就会有更多新鲜的水从那个你从来不知道的泉源流出来。

幸福的柴门

栖 云

假如通往幸福的门是一扇金碧辉煌的大门，我们没有理由停下脚步；但假如通往幸福的门是一扇朴素的简陋的甚至是寒酸的柴门，该当如何？

我们千里迢迢而来，带着对幸福的憧憬、热望和孜孜不倦的追求，带着汗水、伤痕和一路的风尘，沧桑还没有洗却，眼泪还没有揩干，沾满泥泞的双足拾级而上，凝望着绝非梦想中的幸福的柴门，滚烫的心会陡然间冷却吗？失望会笼罩全身吗？

我决不会收回叩门的手。

岁月更迭，悲欢交织，命运的跌打，令我早已深深懂得什么是生命中最最值得珍惜的宝贝。

只要幸福住在里面，简陋的柴门又如何，朴素的茅屋又如何！幸福的笑容从没因身份的尊卑贵贱失去它明媚的光芒。我跨越山川大漠，摸爬滚打寻求的是幸福本身，而不是幸福座前的金樽、手中的宝杖。

幸福比金子还珍贵，这是生活教会我的真理。

没有书不好过日子

杨 绛

真的，什么物质享受，全都罢得；没有书却不好过日子。

人的尊卑，不靠地位，不由出身，只看你自己的成就。我们不妨再加上一句："是什么料，充什么用。"假如是一个萝卜，就力求做个水多肉脆的好萝卜；假如是棵白菜，就力求做一棵瓷瓷实实的包心好白菜。萝卜白菜是家常食用的蔬菜，不求做庙堂上供设的珍果。

唯有身处卑微的人，最有机缘看到世态人情的真相。

一个人不想攀高就不怕下跌，也不用倾轧排挤，可以保其天真，成其自然，潜心一志完成自己能做的事。

浇铸一种新的人性

〔英〕D·H.劳伦斯　国 庆 译

为了生存，我们需要同心协力，将人类所有的认知融会贯通为一个整体：我们必须努力将各种各样的知识糅合在一起；必须将各种各样的语言汇聚成一种巨大而清新的交响；必须将各种各样的人性投入熔炉以浇铸出一种新的人性。

请记住，我们的需要并非是任何私人的需要——并非是我们之中任何一个个人的需要。我们需要的不是荣誉，不是自我的满足；我们需要的是一种万众一心的巨大驱动力。有了它，我们就能造就一个伟大的人类，就能造就一个包含着个人自由在内的自由的民族……一个人无法造就出一个崭新的民族，这要靠我们大家。为了达到这一目标，我们理应携手并肩，和衷共济。想到有这样的一个美好的目标，我是多么快乐。到了那时，将有更多的人会用自己的双手去挣脱桎梏，直至砸碎所有的锁链。

在一项伟大的事业中，我们每一个人都是自己的天使。然而，当我们没有团结在一起，以为仅凭自己孤家寡人就可以闯出一番伟大的事业时，我们就不再是天使，而是野兽了。

平　静

〔美〕戴尔·卡耐基 效 轩 译

我相信，我们内心的平静和我们在生活中所获得的快乐，并不在于我们身处何方，也不在于我们拥有什么，更不在于我们是怎样的一个人，而只在于我们的心灵所达到的境界。在这里，外界的因素与此并无多大的关系。

大约300年前，当弥尔顿双目失明后，他就发现了这一真理："思想运用以及思想本身，能将地狱变为天堂，抑或将天堂变为地狱。"

以拿破仑和海伦·凯勒的生平为例，就可以证明弥尔顿的话是何等的正确：拿破仑拥有了一般人梦寐以求的一切——荣耀、权力、财富，等等。然而他却对圣海琳娜说："在我的一生中，从来没有过快乐的日子。"而海伦·凯勒是个又盲又聋又哑的残疾人，可她却说："生活是多么美好啊！"

我活了50多岁，如果问我在生活中学到了什么的话，那么，我的回答就是："除了你自己，没有任何人和任何事物可以给你带来平静。"

为我的心

〔智利〕聂鲁达 王央乐 译

为我的心，你的胸脯就足够，为你的自由，我的翅膀也足够。在你心灵上沉睡的一切从我的嘴里可以直达太空。

每天的幻景就是你，你来到仿佛露水滴进花蕊。你不在就把地平线浸蚀让它永远后退如同波浪。

我说过你要在风中歌唱仿佛松树，仿佛船桅，像它们一样挺立而沉默，又突然满心忧愁如同老人。

你像一条古道，收容着一切，你满怀着故乡的语音和回声。我醒来了，在你心灵上沉睡的鸟儿有时候也要迁徙逃遁。

生命与美丽

雪 子

真正美丽的生命执着地追求着真善，它不会趋炎附势地扭曲自己的形象，涂改自己灵动的线条，更不会让自己美丽的底色染上尘污。除非用烈火将其燃为灰烬，使之化为尘埃，否则，美丽的生命就像一条清澈的小溪，永远百折不回乐观坚强地奔向大海，直到最后一滴。

有时，它也许会被冷酷地阻断；有时，它也许会被无情地搁浅；更甚至，它还未及瞥一眼那夜幕下美丽灿烂的星海苍穹，未及静静地谛听一声那宇宙深处的清纯之音，它就已被意想不到的庸俗与险恶一下子毁得千疮百孔，奄奄一息……

生命之所以美丽，正在于它有血有肉的过程中，始终高扬着一个美丽的主题；美丽之所以永恒，正在于生命的底蕴中，始终流动着人类对世界最纯粹的良知与渴望。

于是，美丽因生命而存在，生命因美丽而永恒。这是一个连上帝也祈求的统一。

未知数

〔俄〕安德烈·查哈尔洛夫 戴 堇 译

我们都是凡人而不是神，这一简单的事实已足以使我们能够正视自己。

在我们的灵魂之中，既有崇高圣洁的境界，又有卑微庸俗的本能，既会被美好的事物所吸引，又会被鄙俗的东西所诱惑。正因为如此，我们才会那么需要、那么渴求爱与奉献的精神和能力。

我们每个人的生命都是一首叙事诗，这首诗在死神降临之前是不会完结的。无论它开始的几章是如何的平凡和未来的发展是如何的有限，但其最终的结局都是我们所无法预料的。因为，我们的生活始终处在更迭与变换之中，从生命的初始到其终结的过程中，可能交织着无数的艰辛和劫难，也可能融汇着无数的欢乐和幸福，然而却毫无例外地都潜伏着、存在着无穷无尽的未知数。

但正是由于有了这些未知数，我们才能不停地渴望和不断地追求，去渴望最完美的生活形式，去追求最圆满的生命结局。

好　乐

林新居

每一个人各有所好，也各随所好来过生活甚而终老，只是清、浊不同罢了。最浊的是好财，其次是好色，再其次是好名，再其次是好吃、好喝。稍清的，有的好古玩，有的好琴棋，有的好山水，有的好吟咏。又进一步的，就是好读书。开卷有益，在所有喜好中，读书最为殊胜；但这也只是世俗的想法罢了。更进一步的，就是喜好研读心性解脱的经书。又更上一层的，就是喜好清净自己的心灵。喜好而臻于清净自己的心灵，便是世间喜好中最殊胜的了。因为它能令你渐入佳境如倒吃甘蔗。

什么样的环境造就什么样的人。

什么样的喜好成就什么样的人生。

召　唤

〔印度〕泰戈尔

她走的时候，夜间黑漆漆的，他们都睡了。现在，夜间也是黑漆漆的，我唤她道："回来，我的宝贝。世界都在沉睡；当星星互相凝视的时候，你来一会儿是没有人知道的。"

她走的时候，树木正在萌芽，春光刚刚来到。现在花已盛开，我唤道："回来，我的宝贝。孩子们漫不经心地在游戏，把花聚在一块儿，又把它们散开。你如果走来，拿一朵小花去，没有人会发觉的。"

那些常常在游戏的人，仍然还在那里游戏，生命总是如此地浪费。

我静听他们的空谈，便唤道："回来，我的宝贝。妈妈的心里充满着爱，你如果走来，仅仅从她那里接一个小小的吻，没有人会妒忌的。"

如　花

吴策旸

笑靥如花，真情如花，希望如花，生命亦如花。

每个人都有自己喜爱的花，每个人也都有许多种理由善待自己，把一生的光阴凝成时光长河中那一瓣恒久的心香。在盛开的一刹那，灿烂夺目的它会吸引所有的视线。

花是如此柔弱，再美再艳，依然经不起朝来寒雨晚来风。春红匆匆谢了，只剩下满怀愁绪。花却又是美丽的战士，风雨中尽管渐渐绿肥红瘦，终究不曾低头。

生命也是一样，像精致的玻璃酒杯，常常经不起天灾人祸的撞击，粉碎成一地的璀璨，每一片都是透明的心。生命又常常像昙花，用许多年的泪与汗，掺上心血浇灌，才会有笑看天下的一刻。

如今的世界，爱花的人少了。当人们为着生计奔波的时候，连自己的生命都抓不住，又有谁会倾听花的诉说？

然而，烦躁的都市啊，请不要忘记，这世界本是镜花水月。一切如花，花如一切。所以，佛祖拈花而迦叶微笑；这一笑，便是整个世界。

生　命

张承志

生命，也许是宇宙之间唯一 应该受到崇拜的因素。生命的孕育、诞生和显示本质是一种无比激动人心的过程。生命像音乐和画面一样暗自挟带着一种命定的声调或血色，当它遇到大潮的席卷，当它听到号角的催促时，它会顿时抖擞，露出本质的绚烂和激昂。当然，这本质更可能是卑污、懦弱、乏味的；它的主人并无选择的可能。

应当承认，生命就是希望。应当说，卑鄙和庸俗不该得意过早，不该误认为它们已经成功地消灭了高尚和真纯。伪装也同样不能持久，因为时间像一条长河在滔滔冲刷，卑鄙者、奸商和俗棍不可能永远戴着教育家、诗人和战士的桂冠。在他们畅行无阻的生涯尽头，他们的后人将长久地感到羞辱。

我崇拜生命。

我崇拜高尚的生命的秘密。 我崇拜这生命在降生、成长、战斗、伤残、牺牲时迸溅出的钢花焰火。我崇拜一个活灵灵的生命在崇山大河，在海洋和大陆上飘荡无定的自由。

……

是的，生命就是希望。它飘荡无定，自由自在，它使人类中总有一支血脉不甘于失败，九死不悔地追寻着自己的金牧场。

选　择

〔英〕雪 阳

每一条道路上都有出发的人
每个人头顶上都有一方天空
每一方天空上都有莫测的云
每一朵云都昭示着命运

无声地选择方向
一颗星辰或者一双眼睛
人怎样地选择世界
世界就怎样地选择人

默默地选择起点
骄傲地选择归程
夜间选择黎明的人
黎明选择他为自由的风
选择飞鸟或者一片落叶
选择岩石或者一阵灰尘
谁在无可选择中选择

世界都在沉睡；
当星星互相凝视的时候，你来一会儿是没有人知道的。

他就是被选择的人

每个人都有一颗无名的心
每颗心都有寂寞的时辰
谁选择寂寞的世界
世界选择他的歌声

流星在选择中下沉
太阳在选择中上升

深坑和高空

鲍 傅

有一年秋天的一个晚上，古希腊哲学家泰勒斯见星空清朗，便在草地上观察星星。他仰头看着天空，一边慢慢地走着。不料前面有个深坑，积满了雨水，泰勒斯只顾看星星而忘了脚下，一脚踩空，人便像石头般掉了下去。待他明白过来，身子已经泡在水里了，水虽仅淹及胸部，离路面却有二三米，出不来上不去，只得高呼救人。当路人救他出了水坑，泰勒斯抚摸着摔痛了的身体对那人说："明天会下雨！"那人笑着摇摇头走了，将泰勒斯的预言当作笑话讲给别人听。第二天，果真下了雨，人们对泰勒斯在气象学方面的知识如此丰富而惊叹。有的人却不以为然，他们说："泰勒斯知道天上的事情，却看不见脚下的东西。"泰勒斯对这种嘲笑只付之一笑，没有说什么。

两千年后，德国的哲学家黑格尔听到了泰勒斯的这个故事。他想了想，说了一句名言：只有那些永远躺在坑里从不仰望高空的人，才不会掉进坑里！

领取生活

宗璞

秋来了，玉簪花开了。

这花的生命力极强，随便种种，总会活的。不挑地方，不拣土壤，而且特别喜欢背阴处，把阳光让给别人，很是谦让。据说花瓣可以入药。还有人来讨那叶子，要捣烂了治脚气。我说它生活向下比，工作向上比，算得一种玉簪花精神罢。

在花的香气中，我却惶惶，为时光易逝而无成绩不安。

有人将朱敦儒那首《西江月》译成英文寄我。原文是：日日深杯酒满，朝朝小圃花开，自歌自舞自开怀，且喜无拘无碍。青史几番春梦，黄泉多少奇才，不须计较与安排，领取而今现在。

我把“领取而今现在”一句反复吟哦，觉得这是一种悠然自得的境界。

领取自己那一份，也有品味把玩、获得的意思。那么，领取秋，领取冬，领取四季，领取生活吧。

英　雄

崔海峰

“在没有英雄的年代，我只想做一个人。”在英雄本色被混淆、人的形象被扭曲的年代，一位当代中国诗人的这一诗句，本身就体现出英雄的品质与气概。

英雄追求完美但并不完美。对于英雄，浮夸和掩饰纯属多余。英雄原本就是以其独特的个性和才能，维护和平与发展的人。

英雄并不钟情苦难。英雄的“用武之地”并不仅仅是逆境。在克服苦难与逆境的过程中，英雄满怀热情、信心和力量。但英雄更像普通人，亲近麦田、绿地和孩子，享受健康、舒适和幸福，渴望面朝大海，春暖花开。

当我们漫步于富饶的田野和平整的街巷，我们经常看见英雄，有着孩子一样质朴、单纯的笑容，富于想象和好奇心，热爱天地间美好的事物。

恩重如山

栖云

凝神迎风摇曳的细竹，心底总莫名地濡湿：是谁砍它成笛；是谁钻它出孔；又是谁在月圆的窗下，凉凉地吹？

竹管原本不会发声，是多情的少年赋予它歌喉；就像月亮，天上的一堆乱石，从来就没有光，没有亮，是慷慨的太阳送给它光芒。

故事里说，一个樵夫因为救助了上帝的信使莫克瑞，莫克瑞便回报樵夫一把金斧。背着金斧砍柴的樵夫一定欣喜万端，感恩不尽。所以，当我清爽而又快乐地跨出家门的时候，笑纹里总是漾满了谢意。没有莫克瑞赠我以金斧，但在长长的生命隧洞中，一定有千千万万的人为我唱歌， 为我照亮，为我一斧一凿击穿头顶的黑暗。

一只芦笛没有理由吹嘘它华光皎洁。

同样，一个人也没有理由张扬成绩卓著。就像一片花开，全凭借泥土、阳光、雨露，再饱满的一粒种子，失去环境，也无处生根。

离开背后的支持，谁行？

无声的绝望

〔美〕亨利·戴维·梭罗　李绍明 译

用教义问答式的话来讲吧。我们常常思考，人生的主要目的何在？什么是生活中真正的必需和手段？乍想之下，似乎人们有意地选择了一种共同的生活方式，是因为他们觉得这种生活方式比其他方式更加可取。然而，他们却又真诚地认为，舍此之外更无选择。噫！人们哪里知道，自然界已历经沧桑，从前的自然更灵敏、更健康，它们还记得，太阳升起时曾经清朗明媚。放弃偏见为时从不嫌太晚。任何思维和行为的方式，不管多么由来已久，都不能够不加证明就可以依赖。有些事情，今天人们应和着，不声不响地信以为真，明天就会证明是虚妄，不过是一缕意见的轻烟。有些人错把它当成云彩，相信它会向自己的田地洒下甘霖。老人们说不可为的事，你尝试了，发现它可为。旧事旧人做，新事要由新人做。

人体中的繁星和穹苍

张晓风

一个人是怎样变成自然科学家的？我认为是由于惊奇。

另一个人是怎样变成诗人的？我认为，也是由于惊奇。

至于那些成为音乐家，成为画家，乃至成为探险家的，都源于对万事万物的一点欣喜错愕， 因而有不能自已地想去亲炙探究的冲动。

如果一定要说有什么差别的话，那就是科学家总是惊奇之余想去揣一揣真相。文学艺术家却在惊奇之际只顾赞美叹气手舞足蹈起来——但是，其实，没有人禁止科学家一面研究一面赞叹， 也没有人限制文学艺术家一面赞叹一面研究。

万物本身的可惊可奇是可爱的，而我，在生活的层层磨难之余仍能感知万物的可惊可奇，也是可喜的——如今，在这些文字里能将种种可惊可奇与别人分享更是可喜的。让我们一起来赞叹也一起来探究吧！

拥　有

陶小军

这世间，美好的东西实在数不过来了，我们总是希望得到的太多，让尽可能多的东西为自己所拥有。

人生如白驹过隙一样短暂，生命在拥有和失去之间，不经意地流干了。如果你失去了太阳，你还有星光的照耀，失去了金钱，还会得到友情，当生命也离开你的时候，你却拥有了大地的亲吻。拥有时，倍加珍惜；失去了，就权当是接受生命真知的考验，权当是坎坷人生奋斗诺言的承付。

拥有诚实，就舍弃了虚伪；拥有充实，就舍弃了无聊；拥有踏实，就舍弃了浮躁。不论是有意的丢弃，还是意外的失去，只要曾经真实的拥有，在一些时候，大度的舍弃不也是一种境界吗？

在不经意间所失去的，你还可以重新去争取。丢掉了爱心，你可以在春天里寻觅，丢掉了意志，你要在冬天重新磨砺。但是丢掉了懒惰，你却不能把它拾起。欲望太多，反成了累赘，还有什么比拥有淡泊的心胸，更能让自己充实、满足呢？

选择淡泊，然后准备走一段山路。

人生絮语

季羡林

我觉得，人生的意义与价值就在于工作。工作必须有健康的体魄，但更重要的是，必须有时间。

好多人都问我：有没有什么长寿秘诀。如果非要让我讲出一个秘诀不行的话，那么我的秘诀就是：千万不要让脑筋懒惰，脑筋要永远不停地思考问题。

金钱本身是没有什么善与恶的。善与恶决定于：金钱是怎样获得的？金钱又是怎样使用的？来的道路光明正大，使用的方式又合情合理，能造福人类，这就是善。

天底下的事情往往是非常奇怪的，真正的内行“司空见惯浑无事”，对于一些最常谈的问题习以为常，熟视无睹；而外行人则怀着一种难免幼稚但却淳朴无蔽的新鲜的感觉，看出一些门道来。我希望，我就是这样的外行人。

我们自己应该避免两个极端，一不能躺在光荣的历史上，成为今天的阿Q；二不能只看目前的情况，成为今天的贾桂。

我赞成唐人的两句诗：“平生不解掩人善，到处逢人说项斯。”我愿意为有才华的年轻人呐喊鼓噪，这样会对年轻学人的发展有利。古今中外的名利场上，年轻人想脱颖而出，这个“颖”往往是很硬很硬难以脱掉的。我想从旁帮他们一下。

永 恒

姚中才

有时候，科学真是一种让人失望的存在。我们老觉得，太阳是永恒的，可是它说，太阳不永恒；我们认为，宇宙是永恒的，它又发话了，宇宙不永恒。

是啊！这世界，总该有些什么东西是永恒的。物质的东西不保险，那么，精神世界呢？永恒本来就是一个属于精神世界的概念。比如历史，比如时间。

有一位酷爱音乐的朋友对我说，当然有永恒，那些真正的音乐作品都是永恒的。比如贝多芬，这个唐突神灵、蔑视天地的倔强的老人一直都是反抗者的化身。这是一个伟大的灵魂，虽然他只活了 57 岁，但他留下的那奔腾澎湃的音乐将永远光照人间。

一位爱好文学的朋友对我说，肯定有永恒。这永恒是伟大的作品里所传达的一种超越时代和国界的力量，这力量足以移山填海，足以为人类的灵魂打开一片无限广阔的天地。人类正是在这种力量的滋养下构建着文明。

一位喜爱绘画的朋友对我说，永恒是光和影在画布上的定格，生命中有许多美的瞬间，抓住了这一个瞬间便抓住了永恒。

一百个人或许就会有一百种永恒，比如爱情，比如信仰，比如亲情，所有这一切人的永恒构成了人们共同的希望，我们才会去孜孜以求。

爱

〔智利〕聂鲁达 邹 绛 译

因为你，当我们立在鲜花初绽的花园旁边时，春天的芬芳使我痛楚。

我已忘却你的芳容，也不记得你的纤手，更不记得你的朱唇如何亲吻。

因为你，我喜爱睡卧在公园里的白色雕像，那些白色的雕像默然无声，两眼一无所见。

我已忘却你的声音——你欢乐的声音；我已忘却你的双眸。

如鲜花离不开花香，我割不断对你的朦胧记忆。我就像一处一直在疼痛的创伤，只要你一加触碰，立刻会使我遭受莫大的伤害。

你的脉脉柔情缠绕着我，犹如青藤攀附着阴郁的大墙。

我已妄动了你的爱，可我却从每一个窗口里隐约地看到你。

因为你，夏季沉闷的气息使我痛楚；因为你，我又去留意燃起欲望的种种标志，去窥视流星，去窥视一切坠落的事物。

信任是一种有生命的感觉

〔美〕戴维·威斯格特

信任一个人有时需要许多时间。倘若你只信任那些能够讨你欢心的人，那是毫无意义的；倘若你信任你所见到的每一个人，那你就是一个傻瓜；倘若你毫不犹疑、匆匆忙忙地去信任一个人，那你就可能也会那么快地被你所信任的那个人背弃；倘若你只是出于某种肤浅的需要去信任 一个人，那么旋踵而来的可能就是恼人的猜忌和背叛；但倘若你迟迟不敢去信任一个值得你信任的人，那就永远不能获得爱的甘甜和人间的温暖，你的一生也将会因此而黯淡无光。

信任是一种有生命的感觉，信任也是一种高尚的情感，信任更是一种连接人与人之间的纽带。你有义务去信任另一个人，除非你能证实那个人不值得你信任；你也有权受到另一个人的信任，除非你已被证实不值得那个人信任。

伟大与可悲

〔法〕帕斯卡尔

伟大与可悲——可悲是由伟大里面结论出来的，伟大是由可悲里面结论出来的；一方是以伟大为证据而格外结论出可悲来。而另一方则正是根据可悲本身推论而格外有力地结论出伟大来； 凡是一方所能用以说明伟大的一 切，就只是为另一方提供了结论出可悲来的论据；因为我们越是从高处跌落下来，也就越发可悲，而在另一方则恰好相反。他们每一方都被一场无休止的循环带到了另一方；能确定的就只是：随着人们之具有光明，他们就会发现人身上既有伟大又有可悲。总之，人认识自己是可悲的：他是可悲的，因为他本来就是的；但他又确实是伟大的，因为他认识可悲。

使人过多地看到他和禽兽是怎样的等同而不向他指明他的伟大,那是危险的。使他过多地看到他的伟大而看不到他的卑鄙,那也是危险的。让他对这两者都加以忽视，则更为危险。然而把这两者都指明给他，那就非常之有益了。

光　阴

赵丽宏

他是一把神奇而又无情的雕刻刀，在天地之间创造着种种奇迹。他能把巨石分裂成尘土，把幼苗雕成大树，把荒漠变成城市和园林。当然，他也能使繁华之都衰败成荒凉的废墟，使雪亮的金属爬满绿锈，失去光泽。老人额头的皱纹是他刻出来的，少女脸上的红晕也是他描绘出来的。生命的繁衍和世界的运动，全都由他精心指挥。

他慷慨公正。你不必乞求，属于你的，他总是如数奉献。不管你权重如山、腰缠万贯，还是一介布衣、两袖清风，他都一视同仁。没有人能将他占为己有，哪怕你一掷千金，他也决不会因此而施舍你一分半秒。

你珍惜他，他就在你身后长出绿荫，结出沉甸甸的果实。你漠视他，他就化成轻烟，消失得无影无踪。

关于幸福

王安忆

幸福是什么？幸福就是自己觉得幸福。

也许这只是一句人人皆知的落后了的大白话，而我却知道，有不少人，甚至很多人并非为了自己的感觉，而是为了他人的观瞻而建设自己的人生与生活。因而窥察别人的生活与家庭，便成了我们生活的另一部分。我们的生活好像就是以这两个部分组成的：一是生活给人看；二是看别人生活。我们同情别人生活不幸而自觉着幸福，我们评价着别人的是非长短而深觉自己又高尚又美好。于是，我们也无法不提高了警惕地想到，人家将对我们的生活怎么说。这是一个极大的困扰，我们无法解脱这个困扰，我们很沉重，无法轻装上阵。为了这个困扰与顾虑，我们自己的感觉反倒下降，反倒被我们自己忽略。我们心里充满了奇特的自尊与自卑。别人的目光对于我们是那么重要，使我们不安。如果得不到公众的承认与肯定，我们再幸福也不幸福了，我们再快乐也不快乐了。我们自己无法证明自己的幸福，我们的幸福无法由我们自己验明。我们被动地生活，寻找幸福，我们常常寻找不着，因为我们出发时就迷了路。

自心是佛

谭希贤

那天在楼梯上碰到邻居，她笑盈盈地对我说："大姐，你每天播放的梵乐真是好，直飘到楼顶，我家也能听到！"哦，这样年轻的生命，正是烂漫的花季，也向往清凉世界。看来世人各有各的心事，各有各的烦恼，都渴望菩提清凉的慰藉呵。

世人的种种烦恼都是由自心所生：羡慕钱，多了还想多；羡慕权，有了还想大；有钱有权的怕失去，没钱没权的拼命想得到；没病时，不知道健康就是福，自家安安生生地过日子，"却疑春色在邻家"，偏要羡慕别人家的好风光；至于别人的苦楚他看不到，以为天下人都比自己幸福，心里就不痛快，就挖空心思地想法子，也过人家那样的日子。一时得不着，就怨天尤人，看什么都不顺眼。

六祖说，迷时师度，悟时自度。比较明智的人，就比较达观——积极进取，却淡泊名利；乐于助人，却不图回报，既体现了自己的价值又从中得到了满足和快乐。

愿天下人都能得到这菩提甘露的滋润……

金箭与铅箭

林清玄

希腊神话里，爱神丘比特身上背了两支箭，一支金箭，一支铅箭，传说被金箭射中的人就会滋生爱苗，情爱如痴，被铅箭射中的人就反目成仇，恨之入骨。

一般人总是希望永远不要被铅箭射中，而且希望天天被金箭射中。可叹的是，丘比特总是双箭连发，当一个人为金箭沉迷的时候，第二支铅箭马上就射来了。

但是人有所不知，金箭与铅箭不是背在丘比特身上，而是背负在我们自己心上。我们热爱一个人的时候，其心如金，闪闪生辉，所到之处鸟语花香，皆如春天；我们怨恨人的时候，其心如铅，灰败沉重，所到之地冰雪封冻，一如严冬。

其实，我们每个人都背着金箭与铅箭。

爱神，就是我们自己。我们外在的机遇就是我们的“外境”，而时间与空间的因素是我们的“助缘”。

当我们的内缘与外境、助缘相和谐的时候，我们就射出了金箭；可是当内缘、外境、助缘不和谐，甚至起冲突的时候，我们的铅箭就射出去了。

我认识一些人，他们在爱情里受伤，经过了数十年还满腹的怨恨，这些人心中所射出的铅箭怕是早已塞满天地之间了。

如何把铅箭拔掉才是更重要的吧！

让生活之泉涓涓不息

〔美〕布里安·戴森 郭 为 译

生活就像是在空中抛接五只球的游戏。这五个球分别是：工作、家庭、健康、友谊和精神。将五个球同时在空中抛接的确是一门艺术。不久你会发现：唯有工作是一个橡皮球，掉在地上还会弹起来；而其他四个球都是玻璃的，掉在地上便会留下疤痕、裂缝，或摔得粉碎，总之不可能再恢复原样。所以我们要努力保持自己的平衡，才能把它们都在手里玩得转。

那么该怎样去做呢？

不要总把自己与别人比较，这样会愈看自己愈不值钱。如同你的指纹一样，世界上的每一个人都是独一无二的。

不要根据别人认为重要的东西来制定自己的追求目标，而应当努力去争取自己觉得最好的东西。

不要以为最接近自己内心的东西与生俱来，可以像自来水一样随时予取予求。要如同保护自己的眼睛一样维护它们。失去它们，你就会变成只有心脏而没有心灵的行尸走肉。

不要匆匆忙忙地过一生，以至于忘记自己从哪里来，要到哪里去。生命不是一场速度赛跑，而是一步一个脚印走过来的旅程。

不要耽于昨天或明天而任凭今天从指间流走。每一天只过每一天的日子，你总会享受到所有的日子。生命不是以数量而是以质量来计算的。

如果你还可以付出，就不该轻言放弃。直到你停止努力的那一刻，什么也没有真正结束。

不要怕承认自己并不完美，我们就是靠一根脆弱的细丝相互连在一起的。

不要怕面对风险，我们都是在闯练中学会勇敢的。

不要对自己说不可能找到爱情而就此永远关闭大门。得到爱情最快的方法是给予，失去爱情最快的方法是像对待硬币一样紧紧捂在口袋里，保持爱情最好的办法是给它插上自由的翅膀。

不要忘记：一个人最大的感情需要是得到他人的理解。

不要怕去学新的东西。知识没有重量，是可以随身携带的宝藏，没有人会被它压垮，而且愈多你愈身心矫健。

昨天是历史，明天是谜语，而今天是礼物，所以在英语中我们把今天称之为“present”。

新年的快乐

丰子恺

从无始到无终，时间浩荡地移行着，本无所谓快慢。但在人的感觉上，时间划分了段落，似觉过得快些，同时感到爽快；混沌地移行，似觉过得慢些，同时感到沉闷。这好比音乐，许多音漫无分别地连续奏下去，冗长而令听者感觉厌倦；若分了乐章、乐段、乐句，划了小节，便有变化，而令人感觉快适了。

自然的时间划分，是寒暑与昼夜，一寒一暑为一 年，一昼一夜为一日。但由寒到暑，由暑到寒，微微地逐渐推移，浑无痕迹。人类嫌它冗长散漫，便加以人工的划分，把一年划分为四季，十二个月，以求变化。阴历的月虽以月亮的一圆一缺为标准，但月亮的圆缺在实际上毕竟没有怎样重大的影响，初一的白昼与十五的白昼并无分别。阳历的月就不管月亮的圆缺了。故十二个月只能说是人工的划分。一个月有三十次昼夜，人类又嫌其冗长散漫，再加以更细的划分， 以七天为一星期。这样一来，日子过起来爽快得多。 转瞬又是星期日，来了四个星期日便是一个月。假使没有星期的划分，一个月中同样的昼夜，反复三十次，岂不厌倦？所以家居的人时常感到沉闷，度学校生活的人便觉星期飞也似的过去。在地理书上看到一年中有数个月的长昼与长夜的两极地方的情形，谁也同情于他们的生活的沉闷。

但在昼夜一日一来复的温带上的生活中，一昼夜之间没有划分，仍嫌其冗长。便把它平分为十二时，或二十四小时。又把一小时分作六十分，一分分作六十秒。本来浑成一气的时间，现在就被切得粉碎，而部署为许多节段。这样一来，人的度日就有了变化而不觉其长。像学校的生活，一个上午划分作四个时间，一个时间内又划出五十分钟授课，十分钟休息。上课复休息，休息复上课，不知不觉之间，一上午过去，午膳的钟声已经响出了。小学校近来改用一刻钟或半小时为一课，划分尤为琐碎。儿童生活兴味旺盛，不能忍耐长时间的连续。给他们把时间这样细碎地划分了，他们便觉变化繁多而不嫌其长，因而读书也有兴味了。古昔生活悠闲的诗人春昼无事，静观默坐，便谓“日长如小年”。患失眠症的人觉得长夜漫漫。坐牢监的人度日如年。但生活繁忙的人只觉“光阴如箭”，“日月如梭”。这虽是叹惜时间度送太快的话，但当其度送之时，翻着日历写信，看着手表吃饭，抱着闹钟睡觉，只觉时间的经过变化百出，应接不暇，因而发生兴味，不觉沉闷之苦。这好比听赏节奏复杂而拍子急速的音乐，因其变化丰富，听者就不嫌乐曲之长。

可知时间划分愈细，感觉上过去愈快，生活上兴味愈多。故“快”就是“乐”，合起来就是“快乐”，生活的快乐称为“快活”。人生一方面求寿命之长，一方面又求生活过去之快，两者看似矛盾，而其实无妨。因为这是在实际上求寿命之长，而在感觉上求生活过去之快。人工的时间划分，便是在感觉上求生活过去之快的一法。

新年，也是在混沌的寒暑推移中用人工划分出来的时间的段落。虽然根据地球绕日的周期而定，然并不完全正确，阴历尤多参差；且在日子表面看来，大晦日与元旦并无什么差别，所以也只能说是人工的划分。有了这划分，年的界限便判然，人的生活便觉爽快。有了这划分，人就可在元旦这一天的早上兴致勃然地叫道："新年开始了！""恭贺新禧！""发财，发财！"好像从这一日起，天上换了一个新的太阳。

新年应是一年中最快乐的期间，应该说些快乐的话。但想来想去，也只是由时间划分而来的这一点，此外没有别的快乐可说，在这风声鹤唳的时候！

真水无香

潘向黎

在博物馆里，看见了一方清代的印，刻的是“真水无香”四个字。

我对文物、金石都全然无知，也不知道这是作者蔡仁的夫子自道，还是另有出处，可是无声地念着这四个字，就觉得像在月圆之夜步入空庭，清朗月光在刹那间照遍了全身，浸透了肺腑。一时间有莫名的感动，很想说出来，可不知道对谁说、从何说起。

读过多少名言、格言，都是有智慧的，可是有哪一句比“真水无香”更宁和、透彻、充满清气？那些名言、格言，往往是教人进取、催人奋斗的，是有目标要去争，而“真水无香”却是没有目标，也不争，只是一种境界：自然、平静、清澈、淡漠无痕、空阔无边。这才是大智慧啊。回来后把这几个字翻来覆去地念，越发觉得深不可测。

读一本随笔，里面提到日本古典名著《徒然草》，正听叶田谦好在里面说：追求金钱的人生是多么愚蠢，追求地位和名声同样不智，无意中发现这样的句子：“真人，无智，无德，无功，亦无名。这类真人的事迹，谁能知解，谁能传扬？此非隐德守愚，而是本已超乎贤愚得失之境。”原来我想找的，在《徒然草》里等着我呢，真人无所谓聪明，无所谓品德，无所谓建功立业，更无所谓声名远扬，难怪“名”字常和“虚”字相连，叫作了“虚名”，可是“祸”却是“实祸”。而那些超越了贤愚得失之境的真人，我们是无从得知、无从了解的。盛名、美名如同芳香，借此我们才能了解一些古代的人中精华，但是那些真正大智大慧、超出尘俗的人，却如同纯净的水，是没有香气的，更不会远近飘扬。除非有福气接触到他们，否则我们永远不知道人可以做到那样的纯洁和一清至骨。可是那样的人，岂是我们可以得闻其名、得见其人的呢？我们可以仰慕、追随的，无非还是有香之物、有名之人罢了。如果我们拒绝，那我们就没有什么可以仰慕、追随的了，我们心里的一个地方，只能永远是空的。至于世上所有的建功立业，所有的功成名就，若不为财富、地位，总能说出一个“名”字——无非是想让自己成为有香气的水罢了。真水无香，我们一出发就走了反方向。可是我们不出发，也许本来就不是纯净的水，还不如求些香气，掩了浊气呢。要淡、要透彻，是要大本钱的，而且是与生俱来、不可强制的。想想真是让人悲哀。

真水无香，说到这儿，话是说透了，却也说到头了。既是高山仰止的意思，也是人至察、水至清的意思。

忽又觉得奇怪，我怎么会由“真水”想到“真人”的呢？细细再想，原来这不相关的两处里倒是藏着绝妙的一联——上联：“真水无香”，下联：“真人无名”。其间时间和空间都跨越了很远，真是遥遥相对，玄妙无限。

妙联天成，可是该用什么样的纸和墨来写才妥当，谁来写才能传出这几个字的神韵？若有了那么天衣无缝的一联，谁又配在自己的住处挂它呢？恐怕任谁也要从身上生生逼出伧俗来的。那样的话，岂不是风雅不得、反成祸害。有些话有些事，也许还是从来不知道的好。

秋天里的春天

〔匈牙利〕巴 基　巴 金译

是在秋天，绿的凉亭枯黄了。霜蚀了的树叶从枝上落下来。但是太阳依旧带了温暖的微笑透过窗户。它在向着桌上失了色香的花儿谎说春天。只向着花儿吗？不，向着每一个人。向着你，也向着我。阳光偷偷进了心中，在下霜的秋天拿了春天的回忆来温暖那些心儿。

是在秋天，在我的棕色头发中间已经现了几根银丝。秋天（烦扰的生活）夺去了我面颊的玫瑰色。霜蚀了的幻梦，我的灵魂的幻梦落了……然而在我的心里依旧温暖地照耀着那太阳、那爱情。它给了我的那一对爱人一个春天的幻境。只给了他们两个吗？不！也给你，也给我。爱的温暖爱抚着疲惫的灵魂，给了它们一些春天的阳光拌和着的幻境。

春天在秋天里微笑了；眼儿更灿烂地发亮了。真率的乐观主义抚慰着心儿。老年人看见自己的童心，便宽恕着青春的轻浮行为；青年人带着虔诚的了解望着白发的前辈。是的。是的！这一切都体现在这一段关于温和而馥郁的遇合的故事里了，因为我们每一个人都遇见过春天，都被春天吻印了不能忘掉的回忆在心坎上。

石缝间的生命

林希

石缝间倔强的生命，常使我感动得潸然泪下。

是那不定的风把无人采撷的种子撒落海角天涯吧。尽管它们也能从阳光中分享到温暖，从雨水里得到滋润，但唯有那一切生命赖以生存的土壤却要自己去寻找。它们面对着的现实该是多么严峻啊。

于是，大自然出现了惊人的奇迹，不毛的石缝间丛生出了倔强的生命。

或者，只是一簇一簇无名的野草，春绿秋黄，岁岁枯荣。它们没有办法生长宽阔的叶子，因为寻找不到足够的营养，它们有的只是三两片长长的细瘦薄叶，细微的叶脉诉说着生存是多么艰难；甚至，它们竟在一簇簇细瘦的叶下长出根须，很少向母体吮吸点乳汁，然后自去寻找那不易被觉察到的石缝。

这就是生命。

生命的本能是多么尊贵，生命有权辉煌壮丽，生机竟是这样的不可抑制。

或者，就是一团团小小的山花，石缝间的蒲公英因山风的凶狂而不能长出高高的躯干，因山石的贫瘠而不能拥有众多的叶片，它们的茎显得坚韧而苍老，叶因枯萎而失去光泽，只有根竟似强固的筋条，仿佛柔中带刚的藤蔓，深埋在石缝狭隘的间隙里，默默成为攀登者可靠的抓绳。

生命就是这样被环境限制着，又被环境改变着，适者生存的规律尽管无情，但生命原本就是拼搏。

而最令人赞叹的是，石缝间还生长着参天的松柏，雄伟苍劲、巍峨挺拔。它们使高山有了灵气，一切生命在它们面前都显得苍白逊色。它们的躯干顽强地从石缝长出来，向上，向上，向上是多么的艰难，扭转地，旋转地，每一寸树皮都结着伤疤。每长一寸都要经过几度寒暑，几度春秋。然而它们终于伸展开了繁茂的枝干，团簇着永不凋落的针叶。它们耸立在悬崖断壁、高山峻岭，盘根错节地从一个石缝间扎进去，又从另一个石缝间钻出来，像犀利的鹰爪抓住了栖身的岩石。

有时，一株株松柏的根须竟要爬满半壁山崖，似把累累的山石用一根粗绳紧紧缚住，由此才能迎击狂风暴雨的侵袭，才能为自己占有一片天地。

如果一切生命都不屑于去石缝间寻求立足的天地，那么，世界上将会有一大片的地方成为永远的死寂。飞鸟无处栖身，生命将要绝迹。而如果一切生命都只贪恋于黝黑的沃土，它们又如何完备自己驾驭环境的能力，在一代一代的繁衍中，变得愈加坚强呢？

愿一切生命都敢于去寻求最艰苦的环境。生命正是要在最困厄的境遇中，才能发现自己、认识自己，从而才能锤炼自己、彰显自己，最后完成自己、升华自己。

石缝间顽强的生命具有如此震慑人的力量，它使地球变得神奇辉煌，更揭示了壮丽的心灵世界。

米洛的维纳斯

〔日〕清冈卓行 周保雄 译

我注视着米洛的维纳斯，一种奇怪的念头油然而生：为了这绝代妩媚，她必须失去双臂。

这尊雕像由帕罗斯出产的大理石雕刻而成，据说是 19 世纪初在米洛岛由农民意外地发掘到的。后被法国人买去，运至巴黎的罗浮宫。那时，维纳斯就已经把她的双臂巧妙地遗忘在故乡希腊的海中或陆地的什么地方了。不，更准确地说，是为了自身的美丽，她下意识地藏起了双臂。这样做也是为了顺利地跨越国界，为了更好地超越时代。

无疑，维纳斯所具有的高雅与丰满的高度和谐，令人叹为观止。她可以被称为美的一个典型。无论是容貌还是由胸部到腹部的曲线，或者是舒展的后背，无论你从什么角度观看，维纳斯的每一个部位都充满了几乎使人百看不厌的匀称的魅力。而与这些相比，你若稍加留神便不难发现：失去的双臂更笼罩着某种难以捕捉的神秘美的气氛。而所谓米洛的维纳斯的断臂复原方案，只会令我觉得扫兴、滑稽，而且荒诞透顶。当然，为了复原，一切的尝试都是合理的，由此可以客观地推断出失臂的原貌。

譬如，维纳斯的左手，或许正托着一只苹果，或许正撑着一根人形石柱，还可能正持盾执笏。不，也许与这些姿势都迥然不同，它表现了维纳斯沐浴前或出浴后略带羞涩的娇态。我们还可以进一步想象：实际上她并不是单人雕像，而是群雕中的一个，她的左手是否正搭在恋人的肩上呢？——人们可以靠求证和想象来尝试各种复原方案。我查阅过有关的书籍，一边注视着书中的示意图，一边却被一种非常空虚的情绪所侵扰。因为无论选择哪种图像，如前所述，都不可能产生出比失去双臂更胜一筹的美。假如有一天真正的原形被发现，那原形又令我无可置疑地信服，那我大概会带着一种愤怒来否认这个真的原形。

另有一点也很有意思，为何维纳斯失去的是双臂而不是其他什么呢？倘若失去的不是双臂，而是身体的其他部分，恐怕我在此讲述的感想就不一定会产生。例如，假使维纳斯缺了眼睛，少了鼻子，或者是损坏了乳房，而双臂却完好地长在身上，那么，这尊维纳斯就不可能产生生命所具有的变幻不定的光辉了。

为什么失去的必须是双臂呢？我不想在此讨论雕像中躯干部分的美学意义，而是想谈谈手臂，更确切地说是关注手在人类生存方面所具有的象征意义。

手最深刻、最根本地暗示了什么呢？不消说，手的本质与手的象征意义在某种程度上是一致的。人与世界发生千变万化的联系，而手正是联系的一种手段。一位哲学家说机械是手的延长，这一比喻确实很精彩。一位文学家的回忆洋溢着初握恋人之手时的幸福感。米洛的维纳斯受到美术作品命运的摆布，她失去双臂，受到某种难以想象的嘲讽。反过来看，正是因为维纳斯失去了双臂，才奏响了对那双手的姿态进行各种想象的梦幻曲。

爱在爱中满足了

［黎巴嫩］纪·哈·纪伯伦

接着阿尔米特拉说：请给我们谈爱。

他抬起头，望着人群，那里一片静寂。

他用洪亮的声音说：

当爱向你招手时，跟随着他，

虽然他的路程艰险而陡峻。

当他的翅翼围卷你的时候，屈服于他，

虽然那藏在羽翮间的剑刃也许会伤你毁你。

当他对你说话的时候，信从他，

虽然他的声音会把你的梦魂击碎，

如同北风吹荒了花园。

爱虽给你加冠，他也要钉你在十字架。他虽栽培你，却也要修剪你。

你虽升到你的最高处，抚惜你在阳光中颤动的枝叶，

他也要降到你的根下，摇动你根柢的一切关节，直至你归于泥土。

如同一捆稻粟，他把你束聚起来。

他舂打你使你赤裸。

他筛分你使你蜕壳。

他磨碾你直至洁白。

他揉搓你直至柔顺。

然后他送你到他的圣火中去，使你成为上帝盛筵上的馅饼。

这些都是爱要你们完成的功课，使你明白自己心中的秘密，成为生命之心的一瓣。

但假如在你的一丝疑惧中，只寻求爱的和平和逸乐，

那不如掩盖你的裸露，而躲过爱的筛打，

走入那没有季节的世界，在那里你将欢笑，却不是尽量的愉悦；你将哭泣，却没有流干眼泪。

爱除自身外无施与，除自身外无接受。

爱不据有，也不被据有，

因为爱在爱中满足了。

只是一簇一簇无名的野草，春绿秋黄，岁岁枯荣。

我的政治理想（外二则）

爱因斯坦

我的政治理想是民主主义。让每一个人都作为个人而受到尊重，而不让任何人成为崇拜的偶像。我自己受到了人们过分的赞扬和尊敬，这不是由于我自己的过错，也不是由于我自己的功劳，而实在是一种命运的嘲弄。其原因大概在于人们有一种愿望，想理解我以自己的绵薄之力通过不断的斗争所获得的少数几个观念，而这种愿望有很多人却未能实现。我完全明白，一个组织要实现它的目的，就必须有一个人去思考，去指挥，并且全面担负起责任来。但是被领导的人不应当受到强迫，他们必须有可能来选择自己的领袖。在我看来，强迫的专制制度很快就会腐化堕落，因为暴力所招引来的总是一些品德低劣的人；而且我相信，天才的暴君总是由无赖来继承，这是一条千古不易的规律。就因为这个缘故，我总是强烈地反对今天我们在意大利和俄国所见到的那种制度。像欧洲今天所存在的情况，使得民主形象受到了怀疑，这不能归咎于民主原则本身，而是由于政府的不稳定和选举制度中与个人无关的特征。

社会和个人

只有个人才能思考，从而能为社会创造新价值，不仅如此，甚至还能建立起那些为公共生活所遵守的新的道德标准。要是没有能独立思考和独立判断的有创造能力的个人，社会的向上发展就不可想象，正像要是没有供给养料的社会土壤，人的个性的发展也是不可想象的一样。因此，社会的健康状态取决于组成它的个人的独立性，也同样取决于个人之间的密切的社会结合。有人这样正确地说过：希腊—欧洲—美洲文化，尤其是它在那个结束中世纪欧洲停滞状态的意大利文艺复兴时的百花盛开，其真正的基础就在于个人的解放和个人的比较独立。

我是“孤独的旅客”

我对社会正义和社会责任的强烈感觉，同我对与别人和社会直接接触的显然的淡漠，两者总是形成古怪的对照。我实在是一个“孤独的旅客”，我未曾全心全意地属于我的国家、我的家庭、我的朋友、甚至我最接近的亲人；在所有这些关系面前，我总是感觉到有一定距离并且需要保持孤独——而这种感受正与年俱增。人们会清楚地发觉，同别人的相互了解和协调一致是有限度的，但这不足惋惜。这样的人无疑有点失去他的天真无邪和无忧无虑的心境；但另一方面，他能够在很大程度上不为别人的意见、习惯和判断所左右，并且能够不被把他的内心平衡建立在这样一些不可靠的基础之上的愿望所诱惑。

德兰修女

卢锦燕

曾获诺贝尔和平奖、受全球敬仰的德兰修女，因为死期与戴安娜王妃接近，曾有人拿她们两人来相提并论，可是她们却是截然不同的两种类型。

德兰修女并没有戴妃的绝代风华，她的个子瘦小，其貌不扬；她有的，是一颗美丽的心。戴妃在安全设备十足的医院里跟艾滋病人握手，会有人拍下照片登在报上，让人歌颂她的爱心；可是德兰修女却不知多少回在肮脏、污秽的街道拥抱那些患皮肤病、传染病，甚至满身脓疮的垂死病人，把他们带回自己的住处，照顾他们，安葬他们。

很多人提起德兰修女的时候，都会觉得她是个伟大的人，和她对比，自己是卑微无能的，不可能像她，也不可能做她所做的事。可是在一次早晨崇拜会上，讲员忽然又提起她，且引用了她的一句话来勉励我们："德兰修女说过一句话：我们都不是伟大的人，但我们可以用伟大的爱来做生活中每一 件最平凡的事。"这句话叫我深思。

真的，德兰修女不曾像摩西那样叫红海分开，两边立起如垒，让以色列人从干地上走过去。

她不曾像耶稣那样叫死人复活，让每一个看到的人合不上嘴。她不曾用五饼二鱼喂饱五千人，叫许多人跟在她后头拥护她。

她不曾搞过叫天地变色的社会革命，她不是个翻天覆地的伟人。她所做的，是每一 个有手有脚的平凡人都有能力做到的事：照顾垂死的病人，为他们洗脚、抹身，当他们被世上其他人践踏如地底泥的时候，还给他们一个人（一个原本是按着神的形象被造之人）的尊严，如此而已。

这些，我们做不到，不是因为没有能力，而是因为不肯、因为不愿。因此，当我走过罗斯福路的地下隧道到台大校园散步，看到一个人躺在隧道里，他的脸上长着遮住半边脸的肿瘤，赤脚上满是黑泥，穿着一件像是几年不曾换洗的脏布。我曾经驻足，曾经难过，曾经心中充满怜悯。

可是我不曾伸出手来碰一碰他，不曾跟他说过一句话，不曾让他感觉到我的尊重，不曾告诉他，他是一个上帝所爱的人。

我只能在含羞掉头时在心中默祷：“主啊！赦免我……”

今天最好
原野

在生命哲学中，期盼明天和怀念旧日是一块金币的两个面。它们是一回事，只是图案不同。也许青年人更期盼明日，老年人更怀念昨天。

人就是这么有意思，他拿着时间这块金币，却不知翻转过来，把两面的图案都看一看。

从去年开始，股票给国人以深刻的警示。这种刺激在于：今天你买了某种股票，价值 × 元，过了几年之后，× 元变成了 ×× 元，财富迅速升值。这个金融界的现象给人的启示成为一个命题：

当年买这支股票重要，还是它现在的升值更重要？

简明的答案在于：当年不买这支股票，就不会有今天的增值。买了股票，不一定都会在今天升值。但是不买那支股票，肯定永远不升值。

透过这个例子，我想说的话在于，今天最重要，今天就是原始股。

今天是你搬来的一块砖，虽然朴素不足道，却垫起了你明天的一段高度。

今天是一件披在身上的棉袄，虽然不够阔气，却能挡住寒气，使你明天不会感冒。

今天是拧开水龙头冲出的清水，可以濯足，可以洗衣，可以变为香茶一杯。

我现在后悔了，为许许多多的“今天”后悔。在灰暗的日子中，灰暗的是人而不是日子。因为在那些日子中，曾有过别人的辉煌。我曾拥有时间，却不知怎样支配时间。今天，我很想粗读一遍《明史》，我想了解一些植物学的知识，我想把古今皇帝与朝代的年表背下来，但我没有时间。我深悔过去没在某一个“今天”中完成这件事。

然而我又悟出，生活的内容，既不能寄托于未来，也不可埋怨于旧日。我们所有的生活，只发生于“今天”。

因而，今天永远是最美好的一天，也是唯一可以信赖的一天。如果没有今天，我们什么都没有了。

今天即使是一个沮丧的日子，譬如阴雨连绵，诸事不遂，也是可庆幸的一天，因为这是你的“今天”。

如果今天是好日子，更要加倍爱惜。原因在于它由过去的无数“今天”积累而来。

今天划下了你生命的一道刻痕，所以最好。

兄弟，为记住这一点而欢欣鼓舞吧

〔印度〕泰戈尔

没有一个人长生不老，也没有一件东西永久存在。兄弟，为记住这一点而欢欣鼓舞吧。

我们的一生不是一个古老的负担，我们的道路不是一条漫长的旅程。

一个独一无二的诗人不必唱一首古老的歌。花褪色了，凋零了；戴花的人却不必永远为它悲伤。

兄弟，为记住这一点而欢欣鼓舞吧。

一定要有完全的休止，才纺织成完美的音乐。为了沉溺在金色的阴影里，人生向夕阳沉落。一定要把爱情从嬉戏中唤回来饮烦恼的酒，一定要把它带到眼泪的天堂。

兄弟，为记住这一点而欢欣鼓舞吧。

我们赶紧采集繁花，否则繁花要被路过的风蹂躏了。

攫取那迟一步就会消失的吻，使我们的血脉畅通，眼睛明亮。

我们的生活是热烈的，我们的欲望是强烈的，因为时间在敲着别离的丧钟。

兄弟，为记住这一点而欢欣鼓舞吧。

我们来不及把一件东西抓住，挤碎，而又 弃之于尘土。

一个个时辰，把自己的梦藏在裙子里，迅速地消逝了。

我们的一生是短促的；一生只给我们几天恋爱的日子。

如果生命是为了艰辛劳役的话，那就无穷地长了。

兄弟，为记住这一点而欢欣鼓舞吧。

我们觉得美是甜蜜的，因为她同我们的生命依循着同样飞速的调子一起舞蹈。

我们觉得知识是宝贵的，因为我们永远来不及使知识臻于完善。

一切都是在永恒的天堂里做成和完成的。

然而，大地的幻想之花，是由死亡来永葆鲜艳的。

兄弟，为记住这一点而欢欣鼓舞吧。

论　爱（节选）

〔英〕雪 莱

你垂询什么是爱吗？当我们在自身思想的幽谷中发现一片虚空，从而在天地万物中呼唤、寻求与身内之物的通感对应之时，受到我们所感、所惧、所企望的事物的那种情不自禁的、强有力的吸引，就是爱。倘使我们推理，我们总希望能够被人理解；倘若我们遐想，我们总希望自己头脑中逍遥自在的孩童会在别人的头脑里获得新生；倘若我们感受，那么，我们祈求他人的神经能和着我们的一起共振，他人的目光和我们的交融，他人的眼睛和我们的一样炯炯有神；我们祈愿漠然麻木的冰唇不要对另一颗火热的心、颤抖的唇讥诮嘲讽。这就是爱，这就是那不仅联结了人与人而且联结了人与万物的神圣的契约和债券。我们降临世间，我们的内心深处存在着某种东西，自我们存在那一刻起，就渴求着与它相似的东西。也许这与婴儿吮吸母亲乳房的奶汁这一规律相一致。这种与生俱来的倾向随着天性的发展而发展。在思维能力的本性中，我们隐隐约约地看到的仿佛是完整自我的一个缩影，它丧失了我们所蔑视、嫌厌的成分，而成为尽善尽美的人性的理想典范。它不仅是一帧外在肖像，更是构成我们天性的最精细微小的粒子组合。它是一面只映射出纯洁和明亮的形态的镜子；它是在其灵魂固有的乐园外勾画出一个为痛苦、悲哀和邪恶所无法逾越的圆圈的灵魂。这一精魂同渴求与之相像或对应的知觉相关联。当我们在大千世界中寻觅到了灵魂的对应物，在天地万物中发现了可以无误地评估我们自身的知音（它能准确地、敏感地捕捉我们所珍惜并怀着喜悦悄悄展露的一切），那么，我们与对应物就好比两架精美的竖琴上的琴弦，在一个快乐的声音的伴奏下发出音响，这音响与我们自身神经组织的震颤相共振。这——就是爱所要达到的无形的、不可企及的目标。正是它，驱使人的力量去捕捉其淡淡的影子；没有它，为爱所驾驭的心灵就永远不会安宁，永远不会歇息；因此，在孤独中，或处在一群毫不理解我们的人群中（这时，我们仿佛遭到遗弃），我们会热爱花朵、小草、河流以及天空。就在蓝天下，在春天的树叶的颤动中，我们找到了秘密的心灵的回应：无语的风中有一种雄辩；流淌的溪水和河边瑟瑟的苇叶声中，有一首歌谣。它们与我们灵魂之间神秘的感应，唤醒了我们心中的精灵去跳一场酣畅淋漓的狂喜之舞，并使神秘的、温柔的泪盈满我们的眼睛，如爱国志士胜利的热情，又如心爱的人为你独自歌唱之音。因此，斯泰恩说，假如他身在沙漠，他会爱上柏树枝的。爱的需求或力量一旦死去，人就成为一个活着的墓穴，苟延残喘的只是一副躯壳。

美

〔俄〕邦达列夫

人如同感知般地对大自然的反映是否就是美的真谛?

我在想，我们的地球，这宇宙中鲜花盛开的神奇花园，连同它的日出日落，空气清新的早晨，星光闪烁的夜晚，冰冻的严寒，炎热的太阳，连同它全部的光明，凉快的阴影，七月的彩虹，夏秋的薄雾，雨水和白雪——我想象，我们这个地球无可补救地变成了无人的荒寂。好吧，请想象一下：在地球上再也没有人——在城市的石头走廊上，在荒野的草地上，到处只是一片沙沙作响的空旷；没有一点人声、笑声，甚至也没有一声绝望的喊叫来打破这沉寂。

在这空无一人的冰冷的寂静中，我们美丽的地球立即就失去了作为宇宙空间里人类之舟和尘世谷地的最高意义，并且它的美一下子就丧失殆尽，消失得无影无踪。因为没有了人，美也就不能在他的身上和意识里反映出来，不能被他所认识。那么美又对谁而言?对何而言?

美不能像精确的思维和细致的理智一样能自我认识。美中之美和为美而美是毫无意义的，是荒谬的和不现实的。事实上这就像为理智的理智一样，在这种消耗性的内省中没有自由的竞争，没有吸引或排斥，没有活的呼吸，因而它注定要死亡。

美必须要有反映，要有明智的评价者，有善良或赞赏的旁观者。须知美感——这是生活、爱和希望的感受——是对永生的臆想的信心，会唤起我们生的愿望。

美与生命连在一起，生命与爱连在一起，而爱则和人类连在一起。一旦这些联系的纽带中断，大自然中的美就会和人类一起灭亡。

死亡的地球上最后一位艺术家所写的书，尽管它充满了最富有天才的和谐的美，至多也只是一堆废纸和垃圾。因为书的目的不是对着虚无喊叫，而是在另一个人心灵中引起反映，是思想的传递和感情的转移。

汇集了全部美的世界上所有的博物馆，所有的绘画杰作，如果离开了人类，看起来就像是一些可怕的、五颜六色的破板棚。

没有人类艺术的美会变得乖戾丑陋，就是说变得比自然的丑更无法忍受。

发现快乐

夏天阳

“当我站在水面，拉着绳索，而随船飞驰时，我简直快乐得要哭出来了，我从没想到滑水是这样快乐！”

朋友告诉我时，眼睛仍闪着亮光，在他三十多年的生命中，这一个发现，简直比发现一个金矿还叫人快乐，“因为我发现了自己的能力，发现了自己禀赋的潜能，发现了新的乐趣……”

我想人生中许多的发现，都能带来类似的喜悦，像婴儿的第一句话语，新学会的一首歌，或是刚学会的技艺……这一种由内在的意愿而化成事实的振奋，实在是人性中的至美！

瑞士心理学家容氏曾将人类内心的探索与发现称之为个人成长的过程。然而一切有形或无形的成就，都得先由内心的意愿与组织开始。一个人若是内心荒芜，毫无头绪，自然无法成事。汤因比曾说过：“个人内心的发展，经由外在的行动，才造成了人类社会的成长。”正是如此。

发现内心的自我，而发展成自我的人格，是一个人内心成长的过程。儿童由于心智尚未成熟，必须从不断的赞美与肯定中，得到鼓励。别人的赞美与批评，都是外在的因素，我们不能永远依赖外来的评判来了解自己，只有自己的探索、发现才能接近真正的自我。一个成长的人，越能明白自己的优缺点，越不会受外界的干扰，也越能明白内心的世界，而能控制自己的喜乐。脱离了童稚的依赖心理，心智才能成熟快乐。

对于写作的人而言，最能感受到的是创造的快乐，在创造的过程中，多少的沉思与煎熬，通过心灵的整理，而使之结晶呈现。艺术作品与文学创作一样，有福至心灵的佳作，也有勉强凑成的败笔，去芜求精，唯有从不断的探索与努力中去求得，而自己往往第一个领略到这种快乐。别人的赞美、批评，其实都是外在的形象，真正最了解自己优缺点的，还是自己。能丢弃败笔而保留真迹就是成长。人类在追求圆熟通达的途径中，必然也会有许多失望，在这不快乐的背后，正是快乐的源头。能丢弃一些否定的、消极的感受，才能有空间去接纳新的发现。快乐的最大秘诀是，“做自己最爱做的事，而不是去跟随别人、模仿别人”。

发现，不断地发现自己的内心世界，也同时能与自己的内心对谈交流。善待自己的短处，让自己有机会有空间去接纳更多的机会，能明白自己内心的需求，这个感觉，化成行动，成了事实，就是内心充实快乐。

这就是爱情

〔挪威〕哈姆生　淑平　承雄译

那么，什么是爱情？是玫瑰园中低吟的微风——不，是血液里的黄色磷光，是一种就连最衰老最脆弱的心灵也要参与的祭舞。爱情就像延命菊，当夜幕降临时，舒展开自己的枝叶花瓣；又像银莲花，呵口气就会闭合，碰一下就会死亡。

这就是爱情。

爱情有时可以断送一个人，有时又能使他砥砺振奋，成为一个新人。变幻莫测的爱情，忽而宠爱我，忽而宠爱你，忽而又宠爱另一个生人。但爱情又像是神圣不可侵犯的玉玺，那样经久不变；像一团炽烈的光焰，燃烧到最后一刻。然而，究竟什么是爱情的本质呢？

啊！爱情是星垂遥天、大地芬芳的仲夏之夜。是什么驱使着年轻人在幽静的林间小道上徜徉，是什么驱使着翁叟在空寂的房里踮起脚尖？啊，是爱情把人类的心田变成一座菌园，一座茂盛而不知羞的菌园，那里长满了神秘莫测的毒菌。

难道爱情没有弄得僧侣在夜深人静时爬过院墙，目不转睛地窥视窗内熟睡的人吗？难道爱情没有愚弄过修女、模糊过公主的眼光吗？爱情使君王躺在路旁，一边用头发清扫尘土，一边嘀咕着下流话，自己又止不住吐出舌头大声狂笑。

这就是爱情的本质?

不，不是。在这个世界上，爱情与其他事物截然不同，大相径庭。在一个春夜，当一位年轻男子看见了一双秀眼，年轻人凝视着，看到了爱情。他吻着她的唇，爱情仿佛两道光芒在心间相遇，如同太阳把群星辉映。置身在她的怀抱中，整个世界变得寂静无声，无影无踪。

爱情是上帝的第一信条，是脑海中闪现的第一念头。它把光明送到哪里，哪里就产生爱情。它创造的一切都是美好的，因此，它不希望再毁灭它们。爱情是创造的渊源，是创造的主宰;然而所有的爱情却伴随着鲜花和热血，热血和鲜花。

回音壁

陶然

世界上竟然有这么奇妙的事情：一道环形的围墙，你站在那一边，我站在这一边，对方的身影甚至被中央的建筑物遮住了；然而，那嗓音，啊，那熟悉的嗓音，透过贴耳的墙，就这样粼粼地相互传递，清晰、真切，简直就是殷殷的叮咛。

当我傍着天坛的回音壁通话时，我油然升起一股奇异的感觉。想起很多年以前，我首次站在这里，十分诧异于面前这毫不起眼的红墙，它甚至有些斑驳得古老了，却显示了惊人的传音灵敏度。这种与年龄不相称的敏捷，沟通了历史与现代的时光差距，我仿佛听到遥远时代的声音，那一刻就回响在耳畔。

但这种错觉一闪即逝，我明明是在一个春天的早晨，把我从南海之滨携来的一句问候，一直保留到踏足这里，这才怀着既亲切又神秘的心情，轻轻地朝着伴我的朋友奉上空间的怀念：“你好吗？”

“你好吗？”这短促的三个字回荡起来，就在青山绿水间悠扬，犹如一首多情的歌。

我不知道传回我耳朵里的那一句，到底是我送去的，还是他回赠的；我总以为，你来我往的同一句话，已经交融成为分不清我的还是你的，那回音混淆了彼此的区别，成了合唱，流动在同一个音调里。

我实在喜欢倾听那回音。

当发自心底的声音诉出，任谁都不会漠然于它的去路，更不会无视于它有没有回应，即使是在空谷里的呼喊，也还会有相应的回声，何况是在人间！

这回音壁的妙处，就在于它的有呼必应。我有时会想，倘若太寂寞，倘若喧嚣的市井声卷走了真诚的歌声，也许你和我也可以在这古老的地方找到一点安慰。

然而，我又想，大约，我们也不用太过拘泥于形式。生活在我们心海中激起的浪花，那涟漪，那涛声，不也是一种动人的回音吗？

只是，胸中的回音壁是无形的，它随着世间的脉搏，不断地震出生命之歌而已。然而，比较起来，它比真正的回音壁或许还要敏锐而且立体，因而还要生动得多。

感受优雅

阿利

第一次感受到优雅，是很久以前的事儿了。那天，我骑车路过使馆区，要横穿一个没有红绿灯的街口的时候，看见一辆小轿车疾驶而来，我捏住闸，单腿支地，等它过去。

出乎我意料的是，那车也减速停了下来，车里一个胖胖的老外，微笑着冲我挥手——让我先过。

现在回想起来，我当时有些失礼，可能是正处在第一次与外国人交流的局促中，我竟没有任何表示，低头匆匆而去。

哪怕笑一下也好，我后来想。

但那一次，我真真切切地感到了什么是优雅。

后来，学会开车以后，也曾有几次在人行道前把车刹住，然后优雅地微笑、挥手。然而，我看到的是无表情的人流，听到的是身后哇声一片。被我挡住的司机们，不许我优雅，鸣笛的时候肯定在说：这人真面。

优雅，有时真的很难，在别人眼里，那是另外的事情。

还有一次，参加一个公司的宴会。组织者可能是怕说完了就吃太没品位，事先准备了几个小节目，想给食客们添些丝竹之乐。领导致辞后，公司的一位小姐走上台，演奏《梁祝》。

我当时就想：完了。

果然，小姐优雅的琴声很快便淹没在觥筹交错之中，虽然其间服务员几次调大麦克风的音量，但仍一次次地被鼎沸的人声盖住。小姐后来草草地结了尾，红着小脸下台。

这时，席间才传出稀落的掌声。是组织者太天真了，听众们暂时还没有达到双重享受的阶段。他所期待的台上台下交相辉映的场面只会出现在德国或奥地利的电影中，我想。

前几天，在某公司的演示会上，我再次看到了这种人文的反差。

那次演示会中间有个休息，百十来位听众三五成群地挤在大厅里喧哗，摩肩接踵，像一个集市。

这时，一个西服笔挺一头金发的外国人（对不起，又是一个外国人）出现在会议室门口，他看了一眼熙攘的人群，略一迟疑，但还是走了出来。

他小心翼翼地左右躲闪着，脸上挂着淡淡的微笑，在人缝中慢慢地前行。他冲每一个与他目光接触的人点头致意，如果谁在前边挡住了他的去路，他就停下来，等着，而决不像我们所习惯的那样分开众人。

最后，在走了许多的曲线，几乎绕了一个大弯之后，他向我站的大门口走来。我侧侧身，让开通道。他看见我后，点了点头，经过我身边的时候，还轻声说了一句："Thank you!"这个洋人，在霎时间，把他的教养解释得一清二楚。

我真的服了。

这种与世无争的优雅，已经比较接近本意，而不是我们所刻意的那种，比如装束，比如动作，比如在宴会上拉拉小提琴。

那不是真优雅。

大　气

简媜

看到一个大气的人，好比行走于莽莽野草之地，忽然撞见一棵森森大树，当下的喜悦，是带着感动的。不独在烈日之下找到一处凉荫，可以憩息；也在微风习习中，聆听了千叶万叶相互的交谈。

它引导人进入平和的心境，去分享栖息于树上的鸟啼或不知躲于何处的蝉鸣。树并不因为群鸟在此结巢而失去光华，也不会因孩童任意地摘果而枯萎，它仍是一棵大树，昂然而无憾地尽一棵树的责任，它使前来的生灵都不约而同地展现它们优美的一面。

大气的人也如此吧！

他甚少在公众场合振臂疾言他的理想、抱负，因为他知道过多的言论若不能落于实践，无疑是污蔑了自己；他也避免将别人的隐私当作茶余饭后可供谈论的资料，以润滑个人的人际关系。

在竞逐名利、不择手段获取利益的社会风潮里，他总有分寸，懂得替前人后辈留一席空间。他深知人之一生不应只是一场征伐的过程，而是淬炼自己精神人格的唯一机会。他乐于将一生耕耘的成果与众人分享，作为对世人的报答。

一个大气的人，也是一个稳若泰山的人，不必夸耀其臂膀厚实，自然生出令人向往的信任感，犹如众鸟归巢。他不曾提起显赫家世，以引起他人艳羡；也不必提起清苦门楣，变相夸耀自己奋斗的能耐。

他只是他，无从得知他的靠山在哪里，犹如地面的人不得测知地之深。对大树而言，靠山就是它的根。大气的人亦如此吧！

大气的人也是平凡人身，自有七情六欲的缠缚，但他多了一层自省沉思的功夫，懂得返回内在的明镜灵台，拔除人性中粗糙的成分。他愿意独自与生命的纯真本质对谈，把一生当作是对它的盟誓。

图书在版编目（CIP）数据

与生活争夺自己 / 何风主编；《读者》图书部编
.— 西安：未来出版社，2017.1
（读者经典卷首合集）
ISBN 978-7-5417-5509-5

Ⅰ.①与… Ⅱ.①何… ②读… Ⅲ.①诗集—中国—当代②散文集—中国—当代 Ⅳ.① I217.1

中国版本图书馆 CIP 数据核字（2017）第 021322 号

读者经典卷首合集

与生活争夺自己

YU SHENGHUO ZHENGDUO ZIJI

何风 / 主编　《读者》图书部 / 编

总 策 划：孟讲儒　李　进
执行策划：唐荣跃　柴　冕
责任编辑：柴　冕
装帧设计：许　歌　张　涛
内文绘图：雨孩子
封面绘图：武当小仙
发行总监：董晓明
营销宣传：薛少华　陈　欣
出版发行：陕西新华出版传媒集团　未来出版社（西安市丰庆路 91 号　电话：029-84287959）
经　　销：全国新华书店
印　　刷：西安新华印务有限公司
开　　本：880 mm × 1230 mm　1/32
印　　张：5.75　插页：10 码
版　　次：2017 年 3 月第 1 版
印　　次：2017 年 3 月第 1 次印刷
书　　号：ISBN 978-7-5417-5509-5
定　　价：25.80 元